魔幻偵探所

13

隱身飛行者

關景峰 著

新雅文化事業有限公司
www.sunya.com.hk

魔幻偵探所

人物介紹

南森

身分：魔幻偵探所創辦人、領頭羊

年齡：120歲

畢業學校：斯塔福德學院（伏魔系）

學位：博士

捉妖經驗：108年，獲得「捉妖能手」、「怪獸剋星」等稱號

性格：遇事鎮定、善於思考，生氣時聽到幾句好話氣就消了

最具殺傷力的武器：
顯形粉、捆妖繩、無影鋼鐵牆

海倫

身分：魔幻偵探所成員，南森的得力助手

年齡：13歲

畢業學校：劍橋大學（法術系）

學位：學士

捉妖經驗：1年

性格：開朗、逢事觀察細緻，吵架時總讓着本傑明

最具殺傷力的武器：捆妖繩、凝固氣流彈

倫敦貝克街1號有一家**魔幻偵探所**，
成員們精通魔法，法術高明，在一系列緊張
而又富於冒險性的偵探過程中，他們並肩作戰，
成功偵破了一宗又一宗錯綜複雜、
動人心魄的魔怪案件。

本傑明

身分：魔幻偵探所實習生

年齡：11 歲

就讀學校：牛津大學（捉妖系）

捉妖經驗：3 個月

性格：聰明淘氣、遇事毛躁

最厲害的戰術：非常規戰術

保羅

身分：魔幻偵探所機械狗

年齡：100 歲

工作能力：無所不知的電腦資料庫，善於用百分比分析事物

性格：異想天開、調皮、懶惰

最喜歡的食物：潤滑油

最具殺傷力的武器：追妖導彈

特級裝備

捆妖繩

能夠對準魔怪迅速旋轉收縮，將它捆緊綁實，繩子一旦落到魔怪身上，就像嵌入肉裏，魔怪越掙脫綁得越緊，當然放繩子時可要放得準才行。

無影鋼鐵牆

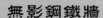

這堵牆其實就是氣流，它把氣流變成了無影無形的鋼鐵牆壁，能將敵人困在其中，衝不出去。

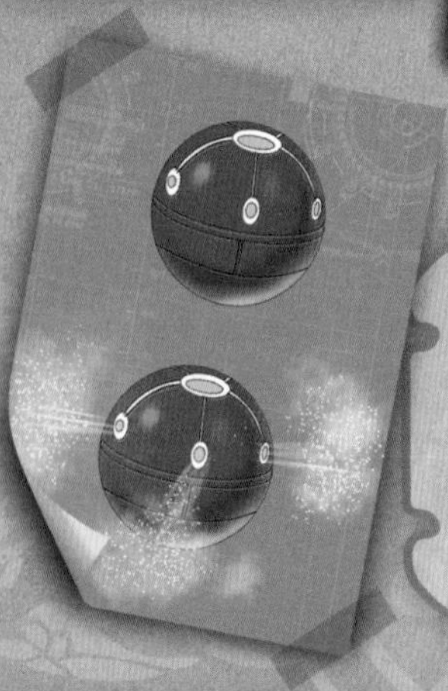

顯形粉

這是一種非常神奇的粉末，即使魔怪偽裝、隱形了也完全能顯現出它的原形。對了，「顯形」就是「現出原形」的意思！

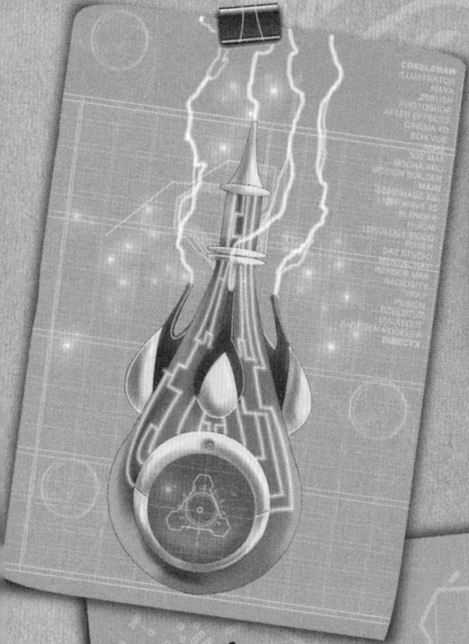

裝魔瓶

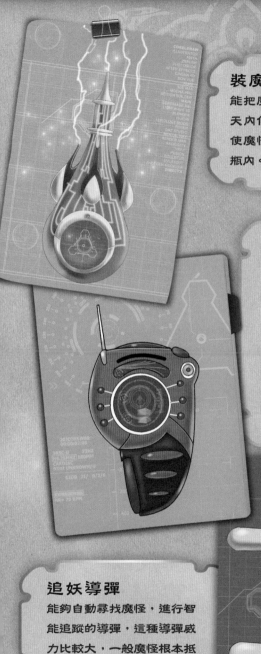

能把魔怪收進裏面，使其在三天內化成清水的神奇瓶子。即使魔怪身形再龐大，也能收進瓶內。

幽靈雷達

能夠準確測定氣流存在的方位，並及時發出警報的裝置。它能跟蹤、測定魔怪在哪裏。不過，如果魔怪的魔力非常強，幽靈雷達有時候也可能測不到，它的更強大的功能還有待你去改進！

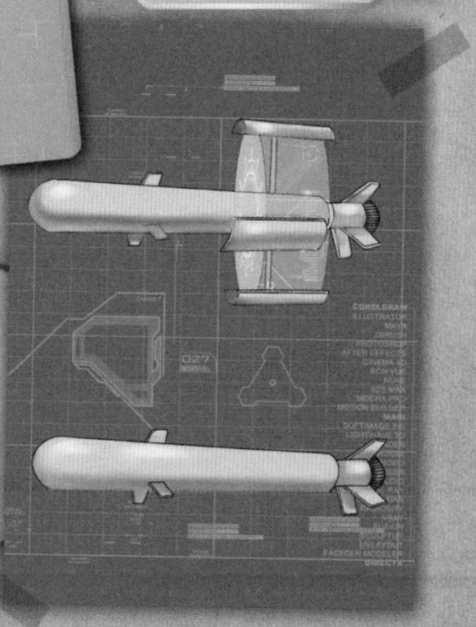

追妖導彈

能夠自動尋找魔怪，進行智能追蹤的導彈，這種導彈威力比較大，一般魔怪根本抵抗不了。

魔幻偵探開始行動！

目錄

第一章　飛在天上的人

「生意真是清淡呀。」本傑明靠在沙發上，無所事事地說，「好像有兩個月沒出去破案了。」

「準確地說是兩個月零七天。」保羅趴在沙發腳旁邊，也是一副懶洋洋的樣子。

「看看你們兩個。」海倫坐在辦公桌後，邊看電腦邊說，「尤其是你，本傑明，案子多的時候抱怨太累了，沒有案子還是抱怨。」

「本傑明是希望他想出去時案子就來了，他想休息時就沒有案子。」保羅抬起頭望向本傑明，「我說的沒錯吧，本傑明？」

「嗯，就是這個意思。」

「嘿嘿，我也是這個意思。」保羅笑了笑，「總是在倫敦待着，也沒什麼意思，真想出去走走……」

「你們這兩個傢伙。」海倫笑了，「……其實我也想出去走走……我想案子少也許是因為妖魔鬼怪都被抓光了吧。」

「不可能抓光的。」本傑明搖搖頭，「我看是我們偵探所的宣傳力度不夠，人家都去找別的偵探所了。海倫，我們要不要再去《泰晤士報》登個廣告……」

「《泰晤士報》？」海倫聳聳肩，「你說得輕鬆，你知道在那裏登廣告要多少錢嗎？」

「就是。」保羅跟着說，「博士把錢全都花在實驗室了，哪有錢登廣告……」

「轟——」的一聲，突然從實驗室裏傳出巨響，實驗室的門隨即被一股氣浪推開，同時伴隨着博士的叫聲。

「博士——」本傑明第一個跳了起來，飛速向實驗室跑去。

海倫和保羅也跟着本傑明跑進了實驗室，只見裏面到處都是煙霧，氣味有些刺鼻，大家努力屏住呼吸，他們根本看不見南森博士在哪裏，不過還好，實驗室裏沒有冒火點。

「博士——博士——」大家一起叫着，一邊在實驗室裏摸索着。

「我沒事，我在這——」一個聲音從實驗室的一角傳來，這時房間裏的濃煙漸漸地淡了——抽氣扇一直在工作着，煙霧都被抽走了。

本傑明他們順着聲音找過去，只見博士一邊咳嗽着，一邊慢慢地爬了起來。

「我還好，我還好……」博士扶着桌子站好，本傑明和海倫連忙攙扶着他。

「博士，看看你的臉。」本傑明笑了起來，只見博士的臉被剛才的爆炸完全熏黑了，頭髮也豎了起來。

「博士，真的沒事嗎？」海倫看着博士的樣子，忍住沒有笑出來。

「真的沒事。」博士用手擦擦臉，他的臉隨即被擦出來幾道白印子，大家扶着他坐到一把椅子上。

濃煙基本散盡了，只見實驗枱上一塌糊塗：一個金屬燒杯被炸翻了，還有一些器皿歪倒在枱子上，試驗用的溶液濺得四處都是。

「我……我正式宣布……」博士哭喪着臉，望着實驗枱，喘了口粗氣，「追妖魔球的第一百零三次試驗，隆重失敗！」

「噢，博士，這好像是一百零五次了。」保羅糾正道，「你不是被炸得發暈了吧？」

「一百零五次嗎？」博士整理了一下頭髮，「隨便啦，反正又失敗了……」

「絕對是一百零五次。」保羅一本正經地說，「在這一百零五次試驗裏，你一共被炸五十七次，其中被炸倒十八次，炸暈三次，被你躲開三十六次，最嚴重的一次你

差點被炸出窗外……」

「夠了，夠了。」博士打斷了保羅的話，「老伙計，你記得可真清楚，拜託，給我留點面子好嗎？」

「嗯哼，我其實很給你留面子啦。」保羅眨眨眼睛，「噢，對了，你被炸得腦袋撞牆那次，我統計在被炸暈的三次裏面……」

「老伙計，不要再說了！」博士叫了起來，「你這還算給我留面子嗎？」

「先喝點水吧。」海倫給博士端來一杯水，「我說博士，這個試驗總是不成功，還這麼危險，要不然先暫停試驗吧？」

「不行，馬上就成功了！我想剛才是青蛙的眼淚放得多了一點。」博士喝了口水，隨後猛地站起來，「我還要繼續試驗……」

「哇——快跑——」本傑明大喊一聲，連忙向外跑去。

海倫和保羅也一起向外跑去，他們早就怕了這個試驗，博士也知道做這個試驗有危險，所以不讓他們參加。海倫多次勸說過博士，讓他停止試驗，可博士哪裏肯聽。他一定要製成追妖魔球，據說這種魔球比追妖導彈威力更大，關鍵是攜帶方便，可以用咒語控制。

海倫他們一起跑到外面，本傑明驚慌地望着實驗室的門。

「我打賭，第一百零六次爆炸即將上演。」

「我……我和你的意見完全一致。」海倫也驚恐地望着實驗室的門，緩緩地説。

「難得嘛，這次你們倒是意見一致。」保羅搖搖尾巴，説道。

「啊——」博士的叫聲突然從實驗室裏傳了出來。

海倫和本傑明對視了一下，他們都瞪大眼睛。

「沒爆炸他喊什麼？」本傑明很疑惑。

海倫已經向實驗室跑去了，本傑明和保羅連忙跟上。

實驗室裏，博士站在實驗枱前，非常懊惱地望着手裏拿的一個小瓶子。

「博士，怎麼了？」海倫一進去就問。

「剛才這個瓶子倒了，裏面的青蛙眼淚全都流光了。」博士把瓶子在大家面前晃了晃，「五千鎊一克呀，而且經常是有錢也買不到貨，這個試驗一定要青蛙眼淚的。」

「替代品行嗎？」本傑明問，「比如説蟾蜍的眼淚，或者壁虎的眼淚……」

「不行，只有青蛙眼淚最合適！」博士説着死死地盯着海倫，「海倫，我們賬上還有多少錢？我需要五克青蛙眼淚……」

「噢，我的博士。」海倫無奈地搖搖頭，「我可找不到這麼多錢，錢都被你用來做試驗了……別這樣看着我，我可變不出錢來。」

「這下可糟了。」博士手裏還是拿着那個瓶子，他坐在椅子上，又看了看瓶子，「沒有這個配方，試驗無法進行呀。」

「博士，你不要着急。」海倫安慰道，「也許接個案子，我們就有錢了。」

「最近這段時間平靜得很，好像沒有什麼案子。」博士像個洩氣的皮球一樣，無精打采。

正在這時，客廳裏的電話鈴聲響了起來。

博士站起來去接電話。

「嗨，我說博士。」保羅跟在博士身後，「我有一種預感，生意上門了。」

「也許吧。」博士邊走邊說。

博士走到電話旁邊，拿起差點要跳起來的電話。

「喂，你好，這裏是魔幻偵探所。」

「你好，我想找南森博士。」一把沉穩的男聲傳來。

「我就是。」

「啊，博士，你好。」那邊的聲音略顯激動，「我是布朗，前年我在倫敦參加『警員與魔法師協調會議』時和你見過面，你還記得嗎？」

「布朗？」博士仔細想了想，「啊，我記得你，你從威爾斯去的，我們談過幾次話。」

「沒錯，謝謝你還記得我。我在威爾斯蘭貝里斯警局工作……」電話那邊的布朗警官頓了頓，「是這樣的，我們這裏出了一件很棘手的案子，我想一定是魔怪作案，所以想請你主持偵破……」

「魔怪作案？」博士像是在進一步肯定，「你確定？」

「確定……可以說非常確定。」布朗警官語氣沉重，「這樣說吧，有一個人，他沒有帶任何飛行設備，卻在空中飛了起來，對了，當時也沒有龍捲風。那人飄了足有一分鐘，便不見了，這肯定不是人類能力可以達到的吧？」

「有個人在空中飄？」博士非常吃驚，「……這當然很奇怪，布朗警官，你能說說詳細情況嗎？」

「兩天前，我們這裏有兩個人進山旅遊，途中兩人走散了，後來其中一個人忽然發現他的同伴直直地飛到半空中，在空中飄了一會後急劇下落，隨即又馬上上升，最後消失在山林中。在空中飄的人曾大聲呼救過，可他的同伴毫無辦法，這就是事情的經過。」布朗解釋道，「警方接到報案後進山搜索，搜了兩天一無所獲，經過調查，報案人和飄走的那人是朋友，兩人之間沒什麼矛盾，報案人神智完全正常，不像是在說謊，根據這種情況，我們認為這是一宗魔怪所作的案件，只能請魔法偵探幫忙了。」

「這樣呀……」博士小聲地說，他和幾個小助手相互看看，「那麼我接下這個案子了，我會儘快趕來，注意，你們不要鬆懈，案發後的黃金72小時還沒有過去，還要努力尋找。」

「我知道的，這請放心。」布朗顯得很興奮，「感謝你能接這個案子，我現在把電話和地址留給你，希望你能火速趕到……」

博士找來紙筆，記下布朗的地址和電話，隨後，他掛上電話。

「博士，我們要有事情做了？」本傑明連忙問。

「嗯，去威爾斯。」博士說着看看保羅，「老伙計，你的預感還是很準確嘛……」

「那當然。」保羅很得意，他晃着腦袋，「我預感到你還會在做試驗的時候被炸得腦袋撞牆……」

「老伙計，不要再提這個了！」博士假裝生氣，他拍拍保羅的腦袋，隨後望着大家，「威爾斯那邊有一件奇怪的事情發生，一個人飛上了天空，他沒有借助任何飛行設備，也不是被龍捲風颳上天的，這個人在空中飄浮了一會，最後消失了，也可以說失蹤了，警方懷疑是魔怪所為。」

「人飛到天上去了？」本傑明張大嘴巴，「這可真是怪事。」

「大家準備一下吧。」博士看了看房間裏的掛鐘，「我們開車去，下午就能趕到。」

本傑明和海倫馬上進入各自的房間，收拾好旅行包。博士先去洗手間梳理了一下——他臉上的那些煙熏還沒有擦乾淨呢。保羅比較清閒，海倫往他的發射器裏放了四枚追妖導彈，剩下的四枚裝進了旅行包裏。

沒多長時間，大家全都收拾完畢，博士提着旅行包拉開了大門。從倫敦到威爾斯的蘭貝里斯將近三百公里，四個小時後他們就能到了。

第二章　詢問目擊者

路上，一開始本傑明和海倫還議論何種魔怪能把人像放風箏那樣弄得在天上飛，討論了半天，也沒什麼結果，不一會，他倆全都睡着了。

本傑明腳踩着一個妖怪，手裏還抓着一個妖怪，一大羣人對着他鼓掌，記者們不停地拍照。一邊，海倫垂頭喪氣地站在那裏。博士則站在本傑明的身邊，一起和眾人鼓掌，保羅則興奮地圍着本傑明轉圈。

「本傑明，你真是太棒了！」博士一邊鼓掌一邊說，「魔幻偵探所今後就靠你了，你們牛津大學才是最棒的，海倫的劍橋大學比起你們來可差遠了。」

「沒什麼。」本傑明說着把手裏抓住的妖怪扔到地上，「我也是站在巨人的肩膀上……」

看見海倫還是那副垂頭喪氣的樣子，本傑明便走到海倫身邊。

「海倫，這下服氣了吧？降妖除魔還是我最棒。」

「是的。」海倫低着頭，臉都紅了，「我真的服了，我看到了自己與你的差距，以前我總是和你作對，你別介

意。」

「當然不會，我們牛津的畢業生都很寬宏大量，哪像你們劍橋的……」

「喂——喂——」一把聲音在本傑明耳邊響起，同時有人在用力地搖晃着本傑明，本傑明朦朦朧朧地睜開眼睛。

「怎麼了？」本傑明一邊揉着眼睛一邊問。

「到了，我們到了。」海倫終於叫醒了本傑明，剛才她叫了半天都沒用，只好用力推他，「收拾你的東西，下車吧！懶蟲！」

「喂——海倫——我剛剛才原諒了你——」本傑明不高興地叫了起來。

「說什麼呢？快下車！」海倫繼續催促道。

「啊——」本傑明總算睡醒了，原來剛才是在做夢，他連忙提起旅行包下了車。

汽車停在蘭貝里斯鎮警局門口，博士正在門口和幾名警官說着話，他招手叫海倫和本傑明過來。

「我來介紹一下，這是我的兩個小助手，海倫和本傑明。」博士向那幾名警官介紹道，那幾名警官都笑瞇瞇地看着海倫和本傑明。

「你好。」為首的一名警官身材高大，他向兩個小助手伸出右手，「我叫布朗，上午就是我打的電話。」

「你好。」海倫和本傑明連忙和布朗警官握了握手。

「噢，布朗警官是這裏的警局局長。」博士又在一邊介紹道。

「哇，好年輕呀。」海倫不禁説道。

布朗對海倫笑笑，隨後看看大家。

「我們進去説吧。」布朗説道，「你們先在我這裏休息一下，一會我送你們去旅館。」

大家一起向房間裏走去，本傑明環視了一下周圍：這裏的空氣非常好，身後有連綿的大山，山上鬱鬱葱葱，景色很美。

他們進了警局，博士一行先來到布朗的辦公室，這裏的陳設簡單但很整潔。

「布朗警官，現在有什麼新發現嗎？」博士落座後連忙問。

「還沒有。」布朗輕輕搖搖頭，「我們的人還在那邊山上搜索，不過沒有任何發現。」

布朗説這話的時候指了指窗外的大山，大家順着他手指的方向看了過去——窗外山連着山，蘭貝里斯鎮就坐落在山腳下。

「以前這裏有過類似的失蹤情況嗎？」博士問。

「從來沒有過。」布朗說，「山下的小鎮很太平，進山遊玩的遊客也都很太平，從來沒有發生過這樣的事。」

「根據你描述的情況，這個案子是有目擊者的——就是失蹤者的同伴。」博士說。

「是的，他叫伊恩，是本鎮居民……」

「我想見見他。」博士急切地說。

「好的，我馬上通知他來一下。」布朗說，「博士，你的辦事效率我只是聽說過，今天算是見識了……」

博士看見辦公室的牆上掛着一張很大的地圖，便走過去看了起來，布朗警官也走過去，給他指出失蹤者消失的地點，他倆在地圖前小聲地議論起來。

本傑明望着外面的大山，他知道失蹤者就消失在那大山裏，而且還是飛上天空後消失的，要真是這樣，那也就是說山裏可能隱藏着某種魔怪。不管怎樣，這件事是本傑明遇到的最怪的事之一，人怎麼可能像風箏一樣飄到空中去呢？

海倫和保羅湊到地圖前，靜靜地聽着布朗和博士的討論。

正在這時，幾聲敲門聲響起，布朗連忙向門口張望了一下。

「請進。」

門被推開了，一個不到三十歲的年輕人走了進來，他似乎有些焦慮，看到博士他們，微笑着點了點頭。

「這是目擊者伊恩先生……」布朗介紹道，「這位是倫敦來的魔法偵探南森博士，還有他的助手……」

簡單介紹之後，布朗請伊恩坐到了沙發上，伊恩坐下後，似乎還是有些拘束。

「伊恩先生，警方已經把大概的情形告訴我們了。」博士坐到了伊恩的對面，「不過，我想了解一下詳細的情況。」

「我明白。」伊恩點點頭。

「那麼開始吧，你那個失蹤的朋友，布朗警官說他叫科舍爾。」

「對，他叫科舍爾，我們是朋友。」

「出事的當天你們是一起進山旅遊的？」

「對。」伊恩連忙點點頭，「你可能不知道，我和科舍爾都喜歡爬山旅遊，倫敦那個地方我去過，說實話，你們那裏沒有我們這裏的環境好，我們鎮就在斯諾登山腳下，山上的空氣非常清新，我們喜歡這樣的生活，大自然能讓你忘掉一切不愉快，我們經常進山……」

「明白，我明白。」博士做了一個暫停的動作，他急於知道的不是這些，「我想知道你們進山後的情況，你們是怎麼走失的？我知道這裏的山勢並不陡峭，地勢也不險惡，你們也不是進山探險，只是一次遠遊，你們多次登山，怎麼會走失呢？」

「這個……」伊恩眨眨眼睛，「他在前面走，我在後面，就走失了，我和警員説過了，你們不是懷疑我吧？我和科舍爾關係很好，我不可能害他的……」

「這個我明白。」博士打斷了伊恩，「我覺得即使就是你和科舍爾的失蹤有關，也不會編出一個人在天上飄這樣離奇的説法，不是嗎？」

「當然，我和他的失蹤沒有關係。」伊恩情緒有些激動，「他在前面走，我在後面，他走得快，後來就找不到他了，就是這樣了。」

「等到你看到他的時候，他就在天上飛了？」博士換了一個問題。

「對。」伊恩點點頭，「我正在找他，忽然聽到天上有人呼救，抬頭一看，科舍爾在我不遠處正在上升，他直直地飛到天上去了，他在天上飄來飄去，忽然掉了下來，我嚇壞了，以為他要被摔死了，沒想到他一下又飛起來了。他飄了差不多有一分鐘，絕對沒有借助任何飛行設備，我哪有辦法救他，説實話，我當時嚇得癱坐在地上，差點暈過去。他飛起來的那個地方離我大概有三百米，後來他不見了，好像飛走了，我沒看清楚，他就這樣失蹤了……」

「他沒有掉落下去，而是飛走了？」博士連忙問。

「嗯，他肯定沒有落下來，而是忽然不見了，我覺得他好像是被什麼東西控制着，啊，我再去了他飄起來的地方，地面沒有人，警員也找過了。」

「他在天空喊了些什麼？」

「喊了什麼？就是『救命』啊。」

「他看見你了嗎？我是説他在天上。」

「不知道，他距離地面可能有一百米那麼高，我在樹林裏，我想他看不見我。」

「的確很離奇。」博士緩緩地説，這次他沒有再提問題，「一個人居然飛上了天……」

「應該是被魔怪抓到天上去的，他被魔怪操控着。」本傑明走到博士身邊，小聲地説。

「現在也只能這樣理解了。」博士微微點點頭。

「我説伊恩，你這個朋友平時不會什麼法術吧。是不是他自己飛上去的？」保羅走到伊恩身邊，抬起頭問道。

伊恩驚奇地看了看會説話的小狗，隨後收起了驚奇的表情。

「科舍爾可不會法術，鎮上的人都知道。」伊恩求證似地看看布朗，隨後又看看保羅，「哪裏像你們這些魔法師，養隻小狗都會説話。」

「伊恩先生，你來確定一下事發地點的具體位置。」博士站起來，走到地圖前。

「在這裏。」伊恩走到地圖前，指指具體方位，「靠近斯諾登山的主峯，距離主峯大概3公里吧，是一個小山。」

「以事發地為中心，周圍五十平方公里的地區我們都仔細搜索過了。」布朗在一邊説，「不過一無所獲。」

博士盯着地圖看了一分鐘，大家都沒有打擾他。

「伊恩先生，今天就到這裏吧，如果你再想起來什麼，馬上通知我。」博士看看身邊的伊恩，説道。

「好的。」伊恩點點頭。

伊恩走了以後，博士坐到了沙發上。

「我感覺他和科舍爾的失蹤應該沒什麼直接關係。」博士説，「他也許受驚過度，描述得不是很全面。」

「他和科舍爾的關係我們調查過了，確實沒什麼過節。」布朗説道，「老實説這兩個年輕人都屬於那種遊手好閒的人，不過大的過錯從來沒有犯過，伊恩應該不會和科舍爾的失蹤有關。」

「我看他也沒有那麼大膽。」保羅搖着尾巴説，「他和伊恩的失蹤關聯概率在20%以下，這是我最新統計的結果。」

「呵呵，我們要是早知道這個概率就會少花些精力在調查伊恩上面了。」布朗笑了笑。

「他們兩個都沒有正式職業，對吧？」博士問。

「對，打散工為生。」布朗說。

「確實離奇呀。」博士微微點點頭，「人居然在天上飛……」

「啊，博士，很晚了，我送你們去旅館吧。」布朗看看手錶，隨後站了起來。

「好的。」博士也站起來，「你要把所有收集到的資料給我一份。」

「早就準備好了。」布朗說着拿出一個資料袋，遞給博士。

大家出了警局，布朗把他們送到距離警局不遠的一家鄉村旅館裏，博士幾人進了各自的房間，這裏的房間雖然不大，卻很舒適。

第三章　上山搜索

布朗警官回去後，博士幾人去吃了晚餐。吃過晚餐，三人一起審閱着資料。

資料上的內容和伊恩説的差不多，只是多了一些實物照片，包括科舍爾失蹤地的照片，還有警方這幾天詳細的搜尋報告。資料不是很多，三人沒多久便看完了。

博士隨手翻着那些資料，一邊漫不經心地問身邊的小助手。

「本傑明，海倫，你們有什麼發現？」

「發現？」本傑明皺起了眉頭，「真的沒什麼發現。」

「那就説説你們對這個案子的了解程度，本傑明，你先説。」博士似乎是在考試，的確，他經常用這種提問的方式，引導兩個小助手進行案件的調查與分析。

「根據資料，案發地點在威爾斯斯諾登山主峯西南3公里的地方，海拔將近7百米，斯諾登山主峯高1,085米，這裏是坎布里安山脈的北端，隸屬於斯諾登尼亞國家公園……」

本傑明説着，看了看海倫。

「斯諾登山是威爾斯和英格蘭地區的最高峯，被森林覆蓋，森林裹生活着多種野生動植物，人口稀少……」海倫接過本傑明的話，「還有……還有……」

「還有，三天前一個叫科舍爾的人進山旅遊時失蹤，根據目擊者伊恩的報告，他似乎是直飛到了半空中，距離地面一百米，在空中停留時間有一分鐘左右，隨後不見了，似乎是飛走了……」本傑明繼續説道。

兩個小助手説完後，對視一下，一起看着博士。本來在一邊無所事事地趴着的保羅此時也湊過來，一起看着博士。

「還有什麼要説的？」博士笑着看了看小助手們。

「沒有了吧？」海倫看看本傑明。

「沒有了。」本傑明使勁搖搖頭。

「的確，這就是我們現在所掌握的所有資料。」博士輕輕點點頭，「從目前掌握的資料看，這個案子毫無頭緒，只能説是比較離奇，山上有沒有藏着魔怪，只能……」

「現場勘查！」本傑明搶過話，大聲地説。

「沒錯！」博士也提高了聲音，「明天我們上山去，帶上儀器，讓伊恩帶路，去現場勘查。」

親臨現場可是魔法偵探破案的必修課，那裏也許遺留着一些警方忽視的東西，這也很正常，因為沒有受過魔法訓練的警員是無法識別魔怪作案的遺留物的。

第二天一早，博士他們就早早起來，吃過早餐，他們很快就準備好了幽靈雷達等儀器。八點剛過，布朗警官就開車到了旅館門口，他的車裏還坐着伊恩——今天由他帶路。

大家坐進了布朗警官的車裏，布朗警官駕車向山上開去，為了方便登山，布朗警官還換了運動服和運動鞋。

汽車出鎮子後開了幾百米，便開上了山路，沿着盤山路開了幾百米，在一個空地停了下來。

「再向上只能步行了，這裏是國家公園，為了保護植被，上山的路只修到這裏。」布朗警官説着打開車門。

大家一起下了車。這裏除了森林裏的雀鳥叫聲，周圍看不到一個人。

「這裏有多高？」博士問。

「兩百多米。」布朗説着指了指不遠處的一條小路，「我們從那裏進山，去事發現場。」

大家一起走向那條小路，伊恩走在最前面，看上去他的氣色不是很好，也許是因為重遊傷心地的緣故。

「現在警方已經停止搜索了。」布朗警官一邊走一邊説，「截至昨晚，我們的搜索面積超過了七十平方公里，但是沒有任何收穫。」

「如果真是魔怪所為，警方的搜索確實可能毫無成效。」博士説着看了看天，這裏的林木茂盛，幾乎把天都遮住了。

這裏的山勢並不陡峭，山路比較平緩，非常適合遊客攀登，不過現在不是旅遊的季節，所以幾乎沒什麼遊客。

森林裏不斷傳來清脆悦耳的鳥鳴聲，一條小溪從山上緩緩流下，森林裏的空氣非常清新，的確是一個好地方。

伊恩原本是一個沉默寡言的人，一路上默默地走着，只是偶爾和身邊的本傑明説幾句話。最高興的是保羅，他一會跑到最前面，一會跑進森林裏，不過他也不是總貪玩，他身上的魔怪預警系統已經開啟了，隨時監視着森林裏的情況，海倫和本傑明各自拿着一台幽靈雷達，也探測着森林裏的魔怪信號。

「哇——兔子——」保羅忽然叫了一聲，隨後「嗖」的一下向森林裏跑去。

小兔子發現自己被追趕後左躲右閃地向森林深處跑去。

「保羅——」伊恩急切地叫了一聲，「回來——」

「沒事，他不會傷害兔子的，他只是貪玩。」本傑明馬上說。

「哦。」伊恩點點頭，「我是怕他迷路……」

「不會的，即使我們迷路了他也不會。」本傑明笑起來。

「啊——」

追着兔子的保羅突然叫了一聲，他的身體像是被什麼纏住了，怎麼也擺脱不了。大家都嚇了一跳，全都跑了過去，只見保羅好像掙脱了什麼，一下子躥出幾米。

「這是什麼？」保羅用爪子拚命拉着脖子上的一個東西。

大家走了過去，博士彎下腰，慢慢地從保羅身上解下一根細細的尼龍繩。尼龍繩不但很細，還很透明，所以保羅沒注意到。

「一根細繩子。」

博士看了看手裏的尼龍繩，繩子已經被保羅掙斷，他彎下腰，仔細地看了看地面，很快，他找到了另一段繩子，這段繩子被繫在一棵樹上，博士把那一段繩子也解了下來。

「這是誰呀？幹嗎在這裏綁根繩子！」保羅叫了起來，「我差點追到那隻兔子了。」

「也許是哪個無聊的遊客幹的。」本傑明說。

「那我們走吧。」博士說着把繩子放進了自己的口袋。

大家繼續向山上走去，除了保羅，他們似乎都沒有受到這次小小的意外的影響，保羅不敢亂跑了，他跟在大家後面，小心地往山上走。

又走了一會，大家都有些累了，便在原地休息一下。

短暫休息後，大家繼續上山，他們沿着山路又向上爬了不到一百米，伊恩和布朗站住了，他倆都往四下看了看。隨後伊恩跨出小路往林子裏走了二、三十米後便又站住了，他看了看四邊的環境，隨後看了看天空。

「我和科舍爾走失後，大概就是在這裏，我忽然聽到天上有人呼救。」伊恩指了指天空，「然後，我就看見科舍爾在天上飛，我嚇壞了……」

博士他們一起向天上看去，天空當然是空蕩蕩的。本傑明和海倫開始用幽靈雷達四下搜索起來，保羅也用預警系統搜索起來，不過他很小心地在林中移動，害怕再被什麼纏住。

這次搜索和警方的搜索結果一樣，沒有任何收穫。博士隨即提議去科舍爾「飄飛」的地方。伊恩帶着大家在林中穿行了三百米，在一棵大樹下，他確定這裏就是科舍爾飛起來的地方，不過他當時找到這裏的時候，並沒有發現科舍爾。

大家又開始了搜索，博士看着地面，地上除了樹葉就是斷枝，還有一些低矮的灌木。

伊恩和布朗站在大樹邊，看着博士幾人的行動。

博士向周邊走去，顯然他在大樹下也沒有發現什麼。海倫和本傑明拿着幽靈雷達也開始走向周邊，他們小心地探測着地面。

「我們要擴大搜索範圍……」博士扭過頭，對海倫和本傑明説道，「以這裏為圓心，把周邊兩百米範圍內的區域……」

博士的話還沒有説完，他忽然看見本傑明和海倫一起把手裏的幽靈雷達指向了天空，同時，保羅也激動地跳了起來。

「天上有魔怪——」保羅大聲地喊道。

「追——」海倫用幽靈雷達指着天空，向山上跑去，「有魔怪——」

本傑明緊跟着海倫，他手裏的雷達也指着天空——和海倫指向完全相同。

「跟上我們——」博士對伊恩和布朗説道，隨後連忙跟着追了過去。

伊恩和布朗吃驚地站在原地，他們不知道發生了什

幽靈雷達有反應！
天空上有魔怪嗎？

麼。不過事先博士有吩咐，如果遭遇魔怪，他們兩個一定要和魔法偵探們在一起，方便魔法偵探們保護他倆。他倆稍微猶豫了一下，也跟着跑了出去。

保羅跑了不到五十米，忽然放慢了腳步，緊隨其後的海倫和本傑明也放慢腳步，手裏的雷達則對着天空漫無目標地指來指去，像是在找尋什麼。

「怎麼了？」博士急切地問道。

「目標消失了！」海倫焦急地說，「剛才我的雷達上閃了一下，魔怪絕對在天上，它會飛的……」

「怎麼不見了？」本傑明揮舞着手裏的幽靈雷達，大聲地叫着。

失去目標的魔法偵探們不知道該向哪個方向尋找，不過他們也得到了一個重要的信息：這座山上確實存在魔怪，而且沒有離開。

「博士，怎麼了？」追上來的布朗問道，布朗的手槍都拔了出來。

「我們剛才搜索到魔怪了。」博士語氣沉重地說，他的兩眼望着天空，「不過那魔怪跑掉了。」

「它的移動速度極快。」本傑明指着天空說道。

「我剛才也看了天空，好像沒有發現什麼。」伊恩說，「可能被樹枝擋住了視線……那魔怪是什麼樣子的？」

「我也沒有看見。」保羅走過來說，「我的探測系統反映，魔怪根本就是隱身的，我們探測到的只是它存在的信號。」

「隱身的？」布朗警官愣了一下，他緊張地看了看四周。

「我們遇到了狠角色！」博士想了想，「能隱身，還能飛行……」

「博士——」本傑明突然高聲喊道，「它來了——就在前面，十二點方向——」

本傑明手裏的幽靈雷達又有了反應，這次魔怪不是在天空上，而是在一百多米外的樹林裏。

「準備應戰！」博士大喊一聲。

第四章　遇到隱身魔怪

海倫和本傑明立即就站在布朗和伊恩的左右，博士和保羅則守護到他倆的身前，布朗也舉起了手槍。

魔怪沒有再移動，也沒有展開進攻，而是靜靜地站在不遠處的森林裏。魔法偵探們稍稍放鬆了緊張的心情。不過就在這時，本傑明和海倫突然又緊張起來。

「九點方向有魔怪反應！」本傑明看着自己的雷達，他們的左面出現了魔怪反應。

「三點方向也有魔怪反應。」海倫跟着說，「啊，四點方向也有……」

「七點方向，怎麼這麼多？」本傑明忽然發現雷達顯示大家的側後方也有了魔怪反應。

「六點方向出現魔怪反應！」保羅壓低聲音說道，「我們被包圍了！」

根據探測，他們的身邊出現了七、八個魔怪，這些魔怪把他們完全包圍了，不過魔怪都沒有再向前移動，雙方相距一百多米。

現場形勢進入了僵持局面，伊恩非常緊張，布朗警官則很鎮靜。

「不會……不會把我們也抓到天上去吧？」伊恩哆嗦着，「我不要被摔死……」

「不要怕，有博士他們呢。」布朗説道，「我説，你靠着我幹什麼？不要靠着我呀。」

「我……我也不想靠着你，我是站不住了……」伊恩説着雙腳發顫，身體下滑，布朗急忙把他架起來。

看到伊恩這個樣子，博士便從本傑明手裏拿過幽靈雷達看了看，上面反映魔怪的信號點一閃一閃的，形成了一個明顯的包圍圈。

「博士，要我發射導彈嗎？」保羅身上的四枚導彈已經鎖定了眼前的四個魔怪。

「不，我們先撤。」博士知道，目前自己這邊處於被動，一旦交戰，還要照顧伊恩和布朗，尤其是伊恩，他基本上崩潰了，「老伙計，你來斷後，如果魔怪追擊就用導彈轟擊！」

「是！」保羅連忙回答。

「本傑明，海倫，你們負責側翼防守。」博士吩咐道，「布朗警官，你攙着伊恩，緊跟着我。」

説着，博士看看前方下山的方向，隨後揮揮手。

「我們走！」

魔幻偵探們把伊恩和布朗夾在中間，開始下山。伊恩勉強能走路，布朗用盡力氣攙着他。

博士拿着幽靈雷達，已經做好了攻擊準備。大家下山的路前，有兩個魔怪正面攔截在那裏，博士他們前行了十幾米，那兩個魔怪依舊一動不動。

大家緩慢地下山，他們兩側的魔怪也都沒有動，但是身後的魔怪向前慢慢地移動起來，跟蹤着他們。

「博士，它們跟着我們，不過速度不快。」保羅幾乎倒退着前行，他做好了發射準備，魔怪預警系統也鎖定着後面的那些魔怪，不過魔怪此時似乎沒有進攻的意圖。

「不要貿然攻擊。」博士叮囑道。

「它們全都隱身了。」海倫說——幽靈雷達上也能反映出魔怪是否處於隱身狀態。

「我可不想和他們玩捉迷藏！」保羅憤憤地說。

大家繼續下行，臨近前方魔怪不到五十米的距離了，博士停下了腳步，同時做了一個止步的手勢。

大家全都停下，博士看看前面的樹林，沒有看到魔怪，只是雷達上仍有反應，前方的魔怪不是藏身樹後就是乾脆隱身。博士做了一個「跟上」的手勢，繼續向山下走去。

距離兩個攔路的魔怪不到三十米了，博士準備隨時展開攻擊，他的手裏已經抓着顯形粉，他要讓這些魔怪現身，這樣目標才明確。

海倫也看着自己手裏的雷達，距離攔路的魔怪越近，她越緊張。與這麼多的魔怪交戰，而且還帶着兩個普通人，不緊張才怪呢。

博士決定，如果距離魔怪還有二十米的時候它們還不讓路，便先拋出顯形粉，隨即用凝固氣流彈轟開一條路，掩護伊恩和布朗下山。

距離越來越近。二十五米、二十四米、二十三米……前方有幾棵大樹，博士用雷達測定了魔怪方位，其中一個魔怪藏身樹後，另一個就在他們的正面——隱去身形站在那裏。

二十二米、二十一米！就在博士準備轟擊的時候，那兩個魔怪忽然閃到兩邊，前方的路不再有阻攔了。

博士先是愣了一下，不過馬上反應過來，他連忙揮揮手。

「快，我們快走——」

博士加快速度，向山下跑去，大家連忙跟上他，快速穿出魔怪們的包圍圈。

閃到兩邊的兩個魔怪沒有發起攻擊，它們只是靜靜地看着博士他們撤離。

大家很快就跑了一百多米，他們完全衝出了包圍圈。身後跟着的魔怪也停止了跟蹤。

「博士，它們不再跟着我們了。」保羅激動地説道。

「好的，我們先回去。」博士點點頭，幽靈雷達上的魔怪反應越來越弱，最後完全消失了。

「妖怪，妖怪沒有跟來嗎？」一直被攙扶着的伊恩上氣不接下氣地問。

「放心吧，沒有跟來。」海倫回答道。

「太好了。」只見伊恩轉瞬間就恢復了體力，他猛地擺脱了布朗，向山下飛奔而去。

「伊恩——」布朗叫道，「不要着急呀——」

「不急就被抓到天上摔死了——」

伊恩的回答聲傳來，這傢伙轉眼就跑遠了。

大家一起飛奔下山，布朗怕伊恩出什麼意外，連忙去追他，可他剛跑幾步，忽然大叫一聲，只見他的一條腿陷進了一個深坑裏，深坑上本來有很多落葉和樹枝，布朗只顧追伊恩，沒有看見。

博士和海倫連忙把布朗拉出來，布朗痛苦得皺着眉頭。

「怎麼樣？還好吧？」博士看着那個深坑問。

「沒什麼，有點疼。」布朗咬了咬嘴唇，「誰在這裏挖了個坑呀？」

「也許是動物挖的洞。」本傑明説道，「啊，伊恩跑遠了……」

「走，去追他，不要再出什麼事。」布朗很盡職盡責。

「你能走嗎？」海倫關切地問。

「可以可以。」布朗在地上跳了幾步，隨後連忙去追伊恩。

大家跟着布朗朝伊恩跑向的山路那邊跑去，很快，他們追到山路那邊，這裏距離他們停車的地方已經不遠了。

「伊恩——伊恩——」布朗喊道。

沒有誰回答他，他的聲音被茂密的林木吞沒了。

「這傢伙可能回到汽車那裏了。」布朗看看博士。

沒一會，他們就來到剛才停車的地方，距離還很遠，布朗懸着的心總算放下了——只見伊恩雙手交叉抱肩，躲在車後，正在小心地向山上張望着。

「你跑得可真快。」布朗來到汽車旁邊，説道。

「那些妖怪……沒有跟上來吧？」伊恩看到大家都來了，算是放心了。

「沒有，不過它們好像都去你家了。」保羅搖頭晃腦地説。

「啊？」伊恩差點嚇暈過去。

「保羅。」海倫拍拍保羅的頭，「伊恩先生，你不要害怕，保羅嚇你呢。」

「啊，真的沒去我家？」伊恩用恐慌的目光看着海倫。

「沒有，放心吧。」

「博士，我們該怎麼辦？」布朗在一邊問道。

博士站在汽車旁，正在向山上張望着，這真是一座不平靜的山，看上去沒什麼，沒想到裏面隱藏着那麼多魔怪。

「博士……」布朗看到博士看得出神，小聲地說。

「啊？啊……」博士看了看布朗，「這樣，你和伊恩先回去，我們要回去看一看……」

「你們還要回去？」布朗皺着眉頭，表情驚異。

「那當然，我們就是來抓魔怪的。」博士笑了笑，「知道山上有魔怪只是我們工作的一部分，抓住這些魔怪才是最主要的，而且我們還要找到失蹤者呢。」

「科舍爾沒救了！一定沒救了！」伊恩痛苦地喊道，「那麼多魔怪，一定把他吃了，一定的……」

「事情也許沒有那麼悲觀。」博士安慰道，他看了看布朗，「你下山後儘快封閉進山通道，山上有魔怪，對遊客有威脅。」

「好的，我下山後馬上布置，現在是旅遊淡季，遊客本來就不多。」

「還有，如果山上有什麼打鬥聲，你們不要輕易上山，很危險的。」

「我知道了。」

「好，你們快走吧。」

「博士，你們一定要小心呀。」布朗很不放心，他的語氣充滿焦慮，「魔怪可不少。」

「不要緊，更多的魔怪我們都對付過。」博士拍了拍布朗的肩膀，「我們有辦法的。」

「我一枚導彈就能炸飛所有的魔怪！」保羅在一邊叫起來。

「保羅，你又說謊話。」海倫馬上制止道。

「我說的是實話，那時候你還沒有到偵探所，我和博士對付一羣長尾怪，我一枚導彈射出去就結束戰鬥了，是吧？博士。」

博士只是笑笑。然後讓布朗和伊恩馬上上車。

布朗和伊恩他們開車走了。魔法偵探們現在可以集中精力對付山上的魔怪了。不過他們並沒有馬上上山，而是在一棵樹下蹲了下來。

「保羅，剛才你搜索到的魔怪反應有沒有進行錄製儲存？」博士問。

「當然，這是工作程序，我不會忘的。」保羅說。

「把那段天空中魔怪反應的儲存資訊放給我看。」

「是。」

保羅說着站穩了腳步，隨後，一部電腦熒幕從他的後背升了起來，大家全都圍在那熒幕前。只見一道綠色的光線軌道從熒幕上劃過，持續時間大概只有兩秒鐘，不過魔怪反應非常明確，運行軌跡也很清晰。

「向山上飛去的。」本傑明指着那魔怪運行軌跡喊道，此時，保羅將計算出來的魔怪運行速度也打在熒幕的左上方，「哇，每秒飛行速度51.22米，真是夠快的呀，還不知道這是不是它最快的速度呢。」

「能不能檢測出它的外形，看看它到底是什麼魔怪。」博士說。

「我試試。」

保羅説着開始做分析，大概過了半分鐘，電腦熒幕上出現了幾個字——「分析失敗」。

「資料不足，無法分析出結果。」保羅搖搖頭。

「分析不出來就算了！」本傑明握了握拳頭，「抓住活的就知道這些傢伙是什麼魔怪了！」

「你們怎麼看：剛才它們包圍了我們，但是又放走我們？」博士問道。

「它們肯定是害怕了。」本傑明說，「誰知道它們怎麼發現我們是魔法師的？它們肯定是害怕魔法師，如果只有伊恩和布朗，它們一定會抓住他倆，就像抓住那個科舍爾一樣。」

「這些傢伙害人後應該比較警覺，所以判斷出我們是魔法師了。」博士說。

「看上去它們確實害怕魔法師，還有種可能，就是它們不想把事情鬧大。」海倫分析道。

「事情已經很大了，它們抓走了一個大活人。」本傑明反駁道。

「我是説今天……」海倫立即針鋒相對。

「好了好了。」眼看兩個小助手又要吵起來，博士連忙擺擺手，「現在我做個簡單總結：我們在山上找線索的時候，被一個從天上飛過的隱身魔怪發現了，隨後它叫來幫手，包圍了我們，但出於某種原因，它們沒有展開進攻，而是放過了我們。」

「我們不能放過它們。」本傑明急忙説，「它們傷害人類，科舍爾一定是被它們抓走的。」

「也許已經遇害，也許還活着。」博士點點頭，「我們現在就上去，最好能找到魔怪的老巢，救出科舍爾。無論如何，不能讓這些傢伙隱藏在山上，山下就是人類小鎮，還總有遊客進山，它們對人類威脅太大了。」

「博士，以前沒有發生過遊客失蹤的事，是不是説明這些魔怪是最近才到這裏的？」海倫問。

「這個……」博士皺皺眉頭，「很難説……」

「哎，説這麼多沒用的。」本傑明迫不及待地站起來，「我們現在就上山，否則那些傢伙不知道藏到哪裏去了。」

「一定要小心。」博士也站了起來，「魔怪數量多，而且會飛行，速度還很快，如果硬拚不過，我們要馬上撤離……」

「我才不怕他們，他們再快也沒有導彈快，我的導彈是超音速的。」保羅收起電腦熒幕，聽説要展開戰鬥，他有些興奮。

「老伙計，如果發射導彈，一定要完全鎖定目標，不能盲目發射。」

「放心吧。」

「海倫，你帶着備用導彈跟着保羅，隨時準備給他裝備用彈。」博士叮囑道。

「是。」海倫馬上説。

「魔怪們一定有哨兵，我們要小心一些，一旦正面交戰，不要慌，盡量不要走散，要注意來自天上的攻擊！」博士説着用力揮揮手，「我們走！」

第五章　山中大戰

魔法偵探們原路返回，因為保羅已經鎖定了剛才遭遇魔怪的位置，所以這次他們沒有走那條山路，而是直接進到山林裏，穿越那些參天大樹，向目標位置進發。

沒多長時間，他們就距離剛才撤離的地方只有百米之遙了，博士突然叫住一直衝在前面的保羅，海倫和本傑明也停住腳步。

「保羅，向前方發射魔怪探測聲納。」博士蹲在保羅身邊，吩咐道。

保羅答應一聲，隨後向正前方發射了一個聲納信號，如果這個信號遇到魔怪，會立即反射回來，保羅就能知道魔怪的位置了，這種聲納探測比魔怪預警系統探測的距離更遠，而且是主動式的探測。

發射出去的聲納沒有反射回來，這説明正前方沒有魔怪。保羅又向正前方的兩側發射了幾個聲納信號，也沒有魔怪反應。

「我們走，不要弄出聲音來。」博士輕聲地説。

大家繼續前進，他們都放慢了腳步。博士和保羅居中，兩翼是海倫和本傑明，他倆手裏的幽靈雷達探測着前方，不一會，他們就來到了剛才遭遇魔怪的地方。

「博士，沒有魔怪。」本傑明看着手裏的幽靈雷達，小聲說道。

「我們走了，它們也走了。」保羅抬頭看看博士，「這裏肯定是沒有。」

「剛才天空中飛行的隱身魔怪的飛行軌跡是不是這個方向？」博士指着天空比劃着。

「對，就是這個方向。」保羅點點頭。

「我們沿着這個方向繼續上山，有可能會找到它們的老巢。」博士說，「保羅，你探測一下到山頂的距離。」

「還有200多米。」保羅早就探測好了，「這座山高871米，目前我們所處的位置海拔639米。」

「那我們走吧。」博士說。

大家繼續向上攀爬，再向上，山勢稍微陡峭一些，不過不算難走。山上的樹木似乎更加茂密了，大家扶着樹幹，慢慢地前進。

「啊呀——」本傑明突然大叫了一聲，隨後翻倒在地上。

「本傑明——」博士連忙轉身去扶本傑明，同時做出反擊準備。

周圍還是那麼寂靜，連鳥的鳴叫聲都沒有了。本傑明並沒有被攻擊，只是被絆倒了。他慢慢地爬起來，坐到地上。只見他腳上纏着一根細細的、透明的尼龍繩。本傑明沒好氣地把尼龍繩解了下來，只見尼龍繩的一端被綁在樹幹上，另外一端有個圈套，本傑明就是不小心把腳伸進了圈套裏，往前一邁步，圈套便收緊絆倒了他。

「和套住保羅的一樣。」博士拿着那圈套說。

「肯定是那些魔怪幹的，四處設圈套！」本傑明氣呼呼地說。

「博士，有魔怪！」保羅突然小聲地叫了一聲。

大家連忙站了起來，海倫看看手裏的幽靈雷達，雷達上有兩個亮點，就在他們的左側。

「一定是我剛才叫了一聲，把魔怪給驚動了。」本傑明有些自責地說。

「來得正好，我就怕找不到它們。」博士說。

「右側，十點方向，有兩個魔怪。」保羅小聲地說，「哇，現在一共有六個魔怪了！哇，七個了……」

就在博士他們的前方，接連出現了八個魔怪，這次它們並沒有包圍博士幾人，而是全部攔截在他們的前方。

「準備迎戰——」博士小聲地下令，他似乎看出來那些魔怪的意思，魔怪們不想讓魔法偵探們接近山頂區域。

保羅站在大家的最前面，博士在保羅後面，左右兩側是海倫和本傑明，他倆相距博士有三、四米。

「保羅，不要輕易發射導彈。」博士叮囑道，「我要看看這些傢伙到底是何種魔怪。」

「好的，我聽你的指令。」保羅回答道。

攔在前面的魔怪距離博士他們有一百米，它們始終沒有移動，好像守城的衞士一樣，等待着進攻者的攻擊。

「我們上——」博士揮揮手，他決定主動進攻了。

大家並排前進，他們仰望着上面的那些樹木，魔怪們就躲避在樹木後面，這些傢伙像剛才那樣隱去了身形，幽靈雷達已經測試出來，博士倒是可以使用「真身眼」的魔法口訣，看清隱身的魔怪，但要距離再近一些才能使用，海倫和本傑明還沒有掌握這個口訣，保羅的儀器也測不出隱身魔怪的身形。

博士將一大把顯形粉抓在手裏，只要再靠近點，他就會把顯形粉拋灑出去，讓那些魔怪現身。只有知曉前面是何種魔怪後，才能有針對性地攻擊。

他們向前走了幾十米，那些魔怪還是沒有移動。忽然林中颳起一股冷風，幾片樹葉飄了起來。

「你們聽着，綁架人類是絕對不行的——」博士一邊走一邊喊話，「立即停止你們的綁架行為，顯出原形後投降，我們是魔法師，你們應該知道的——」

那些魔怪依舊無動於衷。

博士幾人繼續前進，距離魔怪不到三十米，只聽「嗖」的一聲，一枝利箭射來（利箭並沒有隱形）它直奔博士飛來。

「啪」的一聲，早有準備的博士伸手一抓，當即就抓住了那枝箭，這是一枝完全由木頭製造的箭，箭頭被削得很尖。

「嗖——嗖——嗖——」無數枝箭一起射過來，博士的手上下揮舞，撥打着那些木箭，只見木箭紛紛被擊打在地上。

「衝——」博士大喊一聲，小助手們跟着他一起向上衝去。

對面射來的箭越來越多了，博士大喊一聲口訣。

「無影鋼鐵牆——」

一道無影無形的牆出現在博士幾人面前，射過來的箭全都被牆擋住，掉落在地上。

有着無影鋼鐵牆的保護，他們飛快地衝了上去。眼看距離那些魔怪不到二十米了，博士唸了句「真身眼」口訣，想通過通明的牆體看看魔怪究竟是什麼樣子的，但無論博士怎麼看，還是看不到魔怪的樣子。

博士吃了一驚，「真身眼」都看不出來的魔怪一定有特別的手段，正在他驚異的時候，忽然魔怪那邊傳來一個喊聲。

「合力——攻擊——」

這個空氣中的聲音剛落，只聽到「咣」的一聲巨響，鋼鐵牆被什麼東西重重地砸了一下，隨即發出金屬撕裂的聲音。

博士用「真身眼」也看不到魔怪，它們到底是怎樣的魔怪呢？

「大家小心——」博士提醒道，他知道，剛才應該是魔怪頭目指揮手下合力轟擊鋼鐵牆，此時，他們距離魔怪只有十米遠了。

「咔——」的一聲，鋼鐵牆的牆體忽然發出巨大的開裂聲，無影鋼鐵牆被擊碎了。博士看見鋼鐵牆被擊碎，並沒有慌張，他正好向魔怪們拋出顯形粉。

「啪——」的一聲，一股氣團迎面飛來，一下就打在博士剛剛拋出的顯形粉上，顯形粉當即飛濺散落。

「博士——這下你可真『清楚』呀——」保羅大喊起來。

顯形粉被擊散後大部分落在博士身上，他頓時渾身閃亮，一道明亮的輪廓線沿着他身體的周邊熠熠生光，所以保羅説他更「清楚」了。

要不是正在作戰，海倫和本傑明一定會笑個不停，但現在不行，距離魔怪不到五米了，而且他們並不知曉魔怪的具體位置。他們衝到了魔怪的眼前，魔怪們也停止放箭了。

「呼——」的一股風聲襲來，本傑明憑感覺知道有什麼東西正在向自己發起攻擊，他迎着那股風聲一擋，只聽「噹」的一聲，本傑明的手頓時感到又痛又麻，他不由自主地往後跳了一步。

正在這時，他感到身後又有一股風聲襲來，本傑明急忙一閃，那股風聲擦身而過。

不遠處，博士和海倫和魔怪已經打在一起，因為看不見魔怪，他們只能憑藉來襲拳腳的風聲判斷魔怪方位並進行還擊，幸好魔法偵探們都受過和隱形魔怪作戰的訓練。魔怪們氣力都很大，因此出手時風聲也大，森林裏三個魔法師和看不見的對手打在一起，只能聽到「劈劈啪啪」的聲音。

保羅在交戰雙方的旁邊急得亂轉，那些魔怪倒是沒有理會他。憑藉魔怪預警系統，保羅能準確地判定魔怪方位，但是雙方糾纏在一起，導彈是不能發射的。

博士憑感覺知道自己面對着三個魔怪，這些魔怪圍住他輪番進攻，博士挨了幾拳，但是沒有受到損傷，他知道自己也擊中過兩個魔怪，其中一個似乎受了些傷，攻擊力道減弱不少。

博士身邊的兩個小助手此時非常勇武，他們儘管看不見對手，但交手時絲毫不處下風。

發起圍攻的魔怪確實沒有佔到什麼便宜，它們的搏擊術似乎很一般，經過交手，博士幾人感覺魔怪們的身材不是很高，而且除了它們攻擊產生的風聲，近戰時魔怪們都微微地發出「呼呼」的聲音，這種類似於搧動翅膀的聲音響成了一片。

本傑明越戰越勇，似乎很快就適應了這種和無形魔怪的交戰，他用盡力氣和對面擊來的一掌正面相擊，只聽「噹」的一聲，隨後是一聲慘叫，本傑明感覺慘叫的魔怪被他擊倒在地上。

「布蘭——布蘭——」空氣中傳來叫聲，好像是有個魔怪在呼叫被本傑明擊倒的魔怪。

本傑明感到自己只面對着一個魔怪，圍攻他的一個魔怪似乎去救助那個慘叫的同夥。

博士這邊，他判斷出自己在和一個魔力高深的魔怪及兩個魔力一般的魔怪交戰，和這三個傢伙對戰了一會，他完全壓制了對手。

三個魔怪制服不了博士，但它們卻死死地纏住了博士。博士擋開一掌，隨即飛出一腳，不過目標立即騰空而起，博士踢空了。飛起來的傢伙隨即撲了下來。

「千噸鐵臂——」博士唸了一句口訣，他想儘快結束戰鬥，使出了厲害的招數。

「呼——」的一聲，博士堅硬如鐵的胳膊猛地伸長了好幾倍，一下就朝撲下來的魔怪掄了過去，那傢伙感覺到不妙，猛地躲開了攻擊，「啪」的一聲巨響，鐵臂砸在地上，地面當即被砸開一個大坑，泥塊頓時四處飛濺。

「大家注意——全體起飛——」

一個聲音從空中傳來，魔怪頭目發出了命令。隨即，在一片「呼呼」的聲音中，所有的魔怪都升空了。

第六章　本傑明被俘

「它們都飛到天上去了。」保羅喊叫起來，「在我們的頭頂上……」

「地面上打不過，就飛到天上去了！」本傑明指着天空叫道，「有本事你們下來——」

「巨聲炸彈——放——」

空中傳來一個聲音，話音剛落，十幾枚白色的氣團夾帶着風聲射了下來，魔怪們看到解決不了戰鬥，法術也升級了。

「海倫，本傑明，小心——」博士喊了一聲，隨手撥開兩枚射向自己的巨聲炸彈。

「轟——轟——」兩枚炸彈被撥開後，在博士的身邊炸響，儘管沒有什麼彈片，可爆炸的響聲震耳欲聾，博士的腦袋都快被震暈了。

海倫和本傑明撥開了幾枚炸彈，炸彈在他們身邊炸響，爆炸產生的響聲差點把他倆震翻在地，他倆緊皺眉頭，咬着牙齒躲閃着那些炸彈。

「氣浪炸彈——放——」

空中的指揮聲再次傳來，魔怪似乎還嫌不夠，加大了攻擊力度。話音落後，又有十幾枚白色氣團飛射下來。

本傑明看到一枚氣團迎面射來，慌忙一閃，氣團沒有擊中他，而是射在他的身後。

「轟」的一聲，氣團爆炸後產生的氣浪一下就把本傑明橫着推了出去，本傑明撞在一棵樹上後掉到地上，他想爬起來，但是有氣無力，他掙扎了幾下後趴在地上。手裏的幽靈雷達也扔到了一邊。

「本傑明——」

保羅叫了一聲，衝過去看本傑明，剛跑出去兩步，「轟——」的一聲，一枚氣浪炸彈正好落在他面前，保羅當即就被炸到半空中，他重重地落下來砸在地上，他當然沒有什麼疼痛感，可怎麼也站不起來了。

「氣浪炸彈——轟擊——」天空中又傳來魔怪的聲音。

足足有數十枚氣浪炸彈射向地面，地面到處是巨響，到處是煙霧，到處是被炸得飛濺起來的泥塊和樹枝。博士本想去救本傑明，但眼看着幾枚炸彈飛向自己，急忙躲在一棵樹後，炸彈落地爆炸後，產生一片白煙，博士完全失去了方向。

「博士——本傑明——」

海倫的聲音傳來，但博士不知道她在什麼地方，他身邊全是白煙，半米外的地方都看不清了。

「海倫——我在這——」博士只能用喊聲通報自己的位置。

「轟——轟——轟——」又是一陣爆炸聲，氣浪炸彈又射了下來。

保羅掙扎着想站起來，此時他鎖定了天空中的幾個目標，但站不起來就無法發射導彈，他簡單調測了一下，發現自己的控制系統有兩處斷線，除非博士來修理，否則他只能躺在這裏了。

「博士——我動不了——」保羅絕望地大聲求救，「來幫我一下呀——」

博士非常着急，他連續向半空中的魔怪射出了幾枚凝固氣流彈，只能聽到半空中有爆炸聲傳來，也不知道是否擊中了目標。

「海倫——本傑明——保羅——」博士大喊着，他摸索着向前走了幾步，此時，爆炸聲漸漸消失，魔怪看不清地面情況，也停止了攻擊，但是爆炸產生的煙霧更加濃烈。

「我在這——」保羅聽到了博士的聲音，喊了起來，他覺得博士離自己很近。

「保羅——」博士向保羅的方向走了兩步。

「博士——博士——」海倫的聲音從另外一邊傳來。

「博士——博……」這個聲音似乎是本傑明發出來的，聽上去似乎很飄渺，很遙遠。

博士看看身邊的煙霧，急中生智，喊了一句口訣。

「平地狂風——」

一陣旋轉着的大風隨着口訣在兩棵大樹間的空地上拔地而起，這股大風橫掃着這片樹林，爆炸產生的煙霧頓時被吹得四處散開，博士捂住臉，閉上眼睛，防止沙粒吹進眼睛。

煙霧基本上散盡了，博士微微睜開眼睛，隨後唸了一個「收」的口訣，在樹林裏四處旋轉的大風回到了剛才出現的原點，轉眼就不見了。

博士睜眼一看，保羅就在自己眼前幾米的地方，他連忙衝過去。

「博士，我的控制系統有斷線。」保羅看到了博士，「我站不起來了。」

「沒關係。」博士過去抱起來保羅，他忽然看到保羅身邊的地上有一台幽靈雷達，連忙撿了起來。

幽靈雷達是本傑明的，但是本傑明卻不見了，博士四下看了一遍，非常着急。

「博士——博士——」

一把聲音傳來，博士心裏一驚，這聲音是從天上傳來的，他抬頭一看，只見本傑明懸浮在半空中，他垂着身子，有氣無力地望着地面的博士。

「本傑明——」

博士大喊了一聲，他知道本傑明被隱身魔怪抓到半空中去了。

「本傑明——」一把弱弱的聲音傳來，只見不遠處海倫彎腰扶着一棵大樹，表情十分痛苦，看樣子受了傷。

「你們放了他！」博士指着天空大喊。

「你們永遠離開這裏，三天後我們就放了他。」天空中，一把聲音傳來。

「你們這些魔怪——放了本傑明——」海倫指着天空，大口地喘着氣，她從樹那邊歪歪扭扭地走過來，站到了博士身邊。

半空中的本傑明此時似乎已經暈了過去，他的頭垂了下來，不再說話了。

「你們不要傷害他——」博士一邊扶住海倫，一邊對着天空喊道。

「帶他走。」

天空中傳來一把聲音，隨後，本傑明被架着飛走了。

「本傑明——」博士和海倫都急了，「你們不能傷害他……」

「你們這些傢伙聽着，遠離這裏！」半空中的隱身魔怪頭目說道，「只要你們離開，三天後我們一定把他送到山下……」

「你們這樣作惡沒好下場的！」海倫指着聲音傳來的地方喊道，「快放了本傑明，否則我不會饒了你們的！」

「嘴可真硬呀，那就看看誰更厲害吧！」魔怪頭目似乎生氣了，「巨聲炸彈，氣浪炸彈，齊射！」

魔怪的話音剛落，十幾枚白色氣團一起飛射下來，博士一手抱着保羅，一手拉着海倫，連忙向一邊躲避，這些炸彈的威力他們剛才是領教過的。

「轟——轟——轟——」炸彈射向地面後，發出爆炸聲，現場又是一片煙霧。

博士此時無法反擊，拉着海倫向山下跑去，那些炸彈追着他們炸，博士憑感覺躲過了幾枚炸彈的直接進攻。魔怪追着他們炸了好幾百米，漸漸地，爆炸聲小了，他們終於跑回了剛才布朗停車的地方。

「博士，我實在跑不動了。」海倫坐在地上，靠着一棵樹。

博士看看天空，顯然，那些魔怪已經收兵了。他們算是來到了安全的地方，於是把保羅輕輕放到地上。

「海倫，你怎樣？」博士急着問，「要不要急救水？」

「沒什麼傷，就是頭暈，看不清東西。」海倫説話的

聲音非常弱，「博士，他們抓了本傑明。」

「我知道。」博士説道。

「我該早點發射導彈的。」保羅趴在地上，很懊惱，「可是我被震斷了線路。」

「這不怪你。」博士説，「這些傢伙確實很有法術，而且數量也多。」

「那我們怎麼辦？」保羅焦急地問，「本傑明被抓走了，他不會受到傷害吧？」

「應該不會。」博士輕輕地説，「那些傢伙倒是説會放了本傑明的，也沒有對我們追殺到底，剛才它們如果從空中攔截我們下山的路，我們是跑不了的。」

「那它們不會把本傑明帶走吧？它們會不會逃到很遠的地方去？」

「它們説我們離開就放了本傑明，那意思好像這裏是它們的屬地一樣，我看它們應該是常駐在這裏的，所以不會走的。」

「説什麼三天後放本傑明，我看是騙人的！我們去救本傑明。」保羅努力着想抬起身子，但是沒有成功，「博士，馬上把我修好……」

「肯定是要去救本傑明，不能完全相信魔怪的話。」博士點點頭，「可我們現在的力量明顯不夠，我們先下山，向倫敦的魔法師聯合會請求增援。」

簡單的休息之後，博士抱起保羅，扶着海倫，一步步地沿着山路向山下走去。

還沒有走到上山的山路入口，只見路邊停着兩輛警車，警車旁站着幾名警員。警員們發現了博士，連忙跑了過來，為首的正是布朗警官。

「博士——怎麼回事？」布朗跑過來，連忙攙住海倫，「本傑明呢？」

「回去再說。」博士說，「你們一定把守住這個入口，不能再讓人進山了。」

「好的。」布朗連忙說。

他們把海倫和保羅扶進了一輛警車，博士也坐進車裏，布朗駕車帶着他們飛快地向山下的小鎮駛去。

第七章　在魔怪的山洞中

本傑明在半空中的時候，忽然失去了知覺，他醒來後，發現自己躺在一個山洞裏，山洞裏發着微微的光。這裏有些潮濕，本傑明覺得自己在一塊冰冷的石塊上，他忽然聽到耳邊有人在説話，便想抬頭看看，但覺得自己的腰很疼，腦袋也發脹。

本傑明拚命回憶剛才發生的事，他依稀記得，自己被氣浪掀起撞到樹上，怎麼也爬不起來，隨後被什麼東西架起來，飛到了空中。他突然想起來了，在半空中的時候，他看到了地面上的博士。

頭暈腦脹的本傑明慢慢地把記憶碎片連接起來，他明白自己已經被俘，身邊不遠處説話的應該就是那些魔怪。不管怎麼樣，要馬上和博士取得聯繫，叫他來救自己。

「信息球。」本傑明輕輕地唸了一句口訣，他的身旁隨即就冒出來一個白色、半透明並發着微光的小球，小球懸浮着，本傑明一下把它抓在手裏，隨後把它放到自己的嘴邊，輕輕地説：「博士，我還活着，我被抓進了一個山洞，但是方位不明，我判斷距離剛才交戰地不遠，速來救我。」

本傑明的話迅速轉化為一行文字，刻印在信息球上。本傑明一鬆手，信息球升到半空中，並迅速朝洞外飛去。信息球是魔法師間的一種聯絡方式，本傑明的信息球能夠準確地飛下山找到博士。

散發着微光的信息球無聲無息地向洞外飛去，快到洞口的時候，洞中突然傳來「嗖」的一聲，一個發着綠光、和信息球差不多大的光球飛速向信息球襲去，信息球似乎像是一隻小鳥，看見有獵物襲來，連忙向上一閃，綠色光球撲了一個空。

信息球躲過一擊，隨即又向洞口飛去，綠色光球撲空後來了個急停，立即又向信息球追去，信息球在洞口上下翻飛，躲避着追擊，不過最終只聽「啪」的一聲，信息球被綠色光球擊中，落在地上，落地後的信息球彈了一下，滾到一邊一動不動。

綠色光球顯得非常得意，它在空中劃了一個圈，像是在慶祝勝利，隨後懸停在空中。

本傑明扭着頭，目瞪口呆地看着這一幕。

輕輕的腳步聲傳來，似乎是綠色光球的主人發出的，它依然是隱身的。綠色光球忽然飛向了主人，隨即不見了。

腳步聲慢慢地出現在信息球旁邊，隱身的魔怪彎腰撿起了信息球。

「哼，信息球。」一個聲音傳來，那個聲音正對着本傑明，「想通風報信？告訴你，沒那麼容易！」

「你……」本傑明咬着牙齒，瞪着聲音傳來的方向，

「你是誰？」

「我是我呀。」魔怪不屑地說。

話音剛落，魔怪一下顯出真身，本傑明終於看到它的模樣了……

第八章　飛天魔警

博士回到了小鎮的旅館，他先讓海倫去休息，隨後開始修理保羅的控制系統。博士一邊修理一邊把情況告訴了布朗。

布朗聽完博士的話，非常震驚。

「這可怎麼辦？這可怎麼辦？」布朗急得手有些發抖了。

「好了，保羅，你下去走走。」博士很快修理好了保羅的控制系統。

保羅一下就站起來，隨即跳下桌子，搖了搖尾巴。

「我來檢測一下……」保羅說着頓了頓，過了大概十多秒，「好了，完全正常。」

「我馬上打電話。」看到保羅恢復了正常，博士看看布朗，「倫敦的魔法師聯合會會派人來支援的，現在只能請求援助了。」

說着，博士拿起桌上的電話，和聯合會通了十分鐘的話後，博士掛斷電話。

「魔法師聯合會會馬上組織增援力量。」博士看看手錶，「增援的魔法師晚上就能趕到，他們會派『飛天魔警』來。」

「啊？就是那種騎着飛天摩托車的魔法警員嗎？」保羅非常興奮，「哈哈，這下一定能救出本傑明。」

「飛天魔警」是魔法師聯合會下屬的一支空中戰隊，全部由魔法警員組成，成立這支戰隊的原因就是為了對付那些飛行能力強的魔怪。飛天魔警們的座駕是一種能在空中飛行、外表類似摩托車的飛行器，這種飛行器在空中運行靈活，還配有強大的火力。

博士知道面對山上那些魔怪自己處於下風，魔怪能在空中進行攻擊，自己只能在地面被動挨打，儘管他也能騰空飛行，但是在空中停留的時間不會很長，飛行速度也無法和魔怪相比，因此，魔法師聯合會決定把善於在空中作戰的飛天魔警派來。

博士把「飛天魔警」的情況給布朗介紹了一遍，布朗非常高興。

經過這半天的搏鬥，本傑明被俘、海倫受傷、保羅斷線，博士也精疲力竭，魔法偵探們確實受到了極大的損失。海倫已經睡着，她醒來後精神有明顯好轉，保羅已經修好，博士經過短暫的調整，也恢復了很大氣力，只是本傑明下落不明。

博士心裏一直忐忑不安，落入魔怪手中的本傑明不知道怎麼樣了，現在只能等到飛天魔警趕來，一起前往解救本傑明。

傍晚時分，博士的手機突然響了。

「南森博士，你好，我是飛天魔警的隊長愛葛莎，奉命前來支援，現已臨近蘭貝里斯鎮上空，請指示着陸地點。」手機裏傳來一個清脆的聲音。

「請在鎮警局後面着陸，我去那裏等你們。」博士連忙說，「注意隱身隱聲，不要驚擾鎮上的居民。」

「明白，我們十五分鐘後到達。」

博士連忙和保羅出了旅館，向鎮警局跑去，沒多久，他們就來到了警局，他們和布朗等一起來到警局後面的草地上，這是一大片空地，周圍也沒有什麼民居，正好適合魔警的飛天摩托車降落。

布朗和幾名警員一直望着天空，保羅看了看他們。

「他們是隱身並且隱聲的，這樣不擾民，也避免被山上的魔怪察覺。」

「噢，知道了。」雖然這樣說，布朗他們還是往天上望着。

就在他們向天上張望的時候，忽然「唰」的一下，草地上出現了五輛摩托車，不過這種摩托車的兩側各有一個長長的翅膀，摩托車正前方伸出一支類似機關炮一樣的武器。

摩托車旁，站立着五名身穿黑色斗篷的魔法警員，為首的是一名女魔法師，她略帶嚴肅地走了過來，博士連忙迎上去。

「南森博士？」女警舉手敬禮，「我是愛葛莎，奉命前來支援。」

「你好，非常感謝。」博士連忙握手，隨後開始介紹，「這位是鎮警局的局長布朗警官……」

布朗馬上和愛葛莎握了握手，一些警員已經跑過去，圍着那些模樣奇怪的摩托車看個不停。

大家一起進了警局，飛天魔警脱去了黑色的斗篷，他們穿着斗篷的樣子確實威武。

「事情比較複雜。」博士指着地圖，開始對愛葛莎隊長介紹情況，「我們的一個成員被俘，看上去這些魔怪像是長期盤踞在這座山上的……」

愛葛莎隊長仔細地聽着博士的話。博士讓保羅列印出幾份資料紀錄，給魔法警員們看。

「根據魔怪反應系統的紀錄，第一次包圍我們的魔怪有九個，後來我們上山的時候和八個魔怪作戰。」保羅説，「我判斷這山上的魔怪不止八、九個，有可能更多。」

「我們能對付。」愛葛莎很有自信地說，「只是不知道它們到底是什麼樣的魔怪。」

「他們的防護措施很嚴密。」博士說，「不但防住了我用真身眼觀察，還把我拋出的顯形粉給打掉了，這些傢伙早有防備，就是不讓魔法師判斷出它們是何種魔怪。」

「這樣它們就能始終處於暗處，我們就很被動了。」愛葛莎若有所思地說，「這種策略倒很高明。」

「對，我們就是在這方面吃了虧，加上它們隱身升空後居高臨下的攻擊，真的很難對付。」博士說着摸摸保羅的頭，「這次戰鬥保羅受傷，無法展開導彈攻擊，不過就是使用導彈攻擊效果也有限，因為那些魔怪數量眾多，導彈數量不夠，而且射出四枚還要重新裝彈，魔怪一定會利用這個時間差進行反擊。」

「對付這些傢伙的事情就交給我們吧。」愛葛莎看看博士，「只是……它們還會在山上嗎？」

「應該還在。」博士點點頭，「我的推斷有兩點：第一就是它們說只要我們撤走，就放了本傑明，這說明它們就駐紮在這山上。另外就是這夥魔怪數量很多，集體遷移和單獨的魔怪遷移是大不一樣的，會面臨很多危險，而且再找一個能容納這麼多魔怪的地方，也非常困難，所以我判斷這夥魔怪是長期盤踞在斯諾登山地區的。」

大家一邊聽着博士的分析，一邊點着頭。

「只要在就好。」愛葛莎隊長説，「那麼博士，我們什麼時候出擊？」

「現在天已經完全黑了。」博士看看窗外，「黑夜不利我們作戰，我看明天天一亮便出擊，我們先上山，把魔怪引出來後你們再展開攻擊！」

博士和愛葛莎隊長又進行了一番研究，制定了完整的攻擊計劃。他們約定明天早上六點出發。

晚上九點多，睡了好幾個小時的海倫醒來，她走到博士的房間，聽説明天要去解救本傑明，海倫説也要參加。博士看海倫身體恢復得差不多了，而且明天的戰鬥有飛天魔警在，便同意了。

第二天早上五點半博士幾人就起來了，這時天還黑着呢。他們來到警局，飛天魔警們、布朗和一些警員都已經等在那裏了。

「我們去把魔怪引出來，你們和我保持五百米的距離。」博士和愛葛莎隊長見了面，叮囑道，「看到我的信號就火速趕到，展開攻擊。」

「好的。」愛葛莎隊長用力點點頭，「五百米的距離，我們能在六秒鐘內趕到的。」

「那好，我們出發。」

博士幾人坐進警車，布朗要把他們帶到山路的盡頭。警員出發後，飛天魔警的隊員們駕駛着摩托車飛上了天空，他們的飛行基本上是無聲的，這次他們沒有隱身，全部在警車上方一百米飛行，地面上的幾名警員全都目瞪口呆地看着飛在空中的飛天魔警，全部流露出羡慕的目光。

天微微發亮了，大家也到了山路的盡頭，博士下車後看看天空，他們的上空五輛飛天摩托一字排開，看到博士下車，愛葛莎隊長駕車飛了下來，在博士的頭頂處懸停。

「我們上山，注意保持距離。」博士招招手。

「明白。」愛葛莎答應一聲，隨後回到摩托戰隊中，她居中，兩側各有兩輛摩托。

博士看了看身邊的海倫和保羅，揮揮手，邁步走進了山林。

海倫的幽靈雷達已經開機，保羅也打開了魔怪預警系統。博士也拿着一台幽靈雷達，這雷達正是本傑明的，一看到這台雷達，博士就想馬上找到本傑明。

天開始亮了，樹林裏有些小鳥已經唧唧喳喳地叫起來，它們哪裏知道，山間也許又會爆發一場激烈的戰鬥。

博士知道魔怪一定會設立哨兵，他就是要被哨兵發現，這樣就能引出那些魔怪，由飛天魔警解決掉這些魔怪。

魔法偵探們飛快地邁着腳步，穿行在密林中，他們漸漸地接近了昨天發現魔怪並交戰的地方，那裏應該是魔怪守衛巢穴的第一道防線。

樹上的小鳥忽然叫個不停，好像是給魔怪通風報信，保羅一下跳了起來，對着樹上的小鳥發出低沉的聲音。

海倫謹慎地看着自己的幽靈雷達，她不擔心雷達熒幕上出現魔怪反應，恰恰相反，她怕的是沒有魔怪反應，那就説明魔怪藏起來了，甚至遠走高飛了，而本傑明也就危險了。她現在非常擔心那個經常和她拌嘴的本傑明。

「博士，有魔怪反應！」保羅最先發現了魔怪，它的預警系統顯示前方四百米處有一個魔怪反應。

海倫終於鬆了口氣，她的幽靈雷達上，也有一個清晰的亮點，一閃一閃的，那是一個標準的魔怪反應。

「好，讓它們知道我們來了。」博士説，隨後大聲喊道，「本傑明——本傑明——」

「本傑明——本傑明——」海倫和保羅也跟着喊了起來，他們就是要引起魔怪注意。

樹上的小鳥叫得更厲害了。博士幾人一邊喊着，一邊堅定地向山上行進。

「博士，來了。」又過了一會，保羅興奮地説，不過它把聲音壓得很低，「三個……五個……六個……」

「八個……」海倫跟着説，「……沒有再增多，現在一共八個。」

海倫的幽靈雷達上，一共有八個亮點一起閃動着。忽然，這八個亮點慢慢地形成一個半圓形，靜靜地守候在樹林裏。

博士他們距離魔怪已經不到兩百米了，魔怪們還是一動不動的。

「要不要發信號？」保羅問道，他略微有些緊張。

「不要。」博士説着繼續向前走。

海倫在博士左邊，保羅在博士右邊，他們不再喊本傑明的名字了，只是默默地向上走。

距離魔怪一百米左右的時候，那些魔怪忽然隱身飛上了天空，保羅和海倫立即發現了這一情況，博士判斷魔怪們升空目的是準備展開進攻。

「大家小心。」博士低聲說，不過他沒有停下腳步，繼續向上走。

「喂——你們站住——」空中傳來一個喊聲。

博士他們停下腳步，魔怪此時就在他們頭頂五十米的地方。

「叫你們離開這裏，不明白我的意思嗎？」空中那個聲音喊道，「是不是不想見到你們的同伴了？」

「你把他怎麼樣了？」博士抬頭問，「快放了他。」

「放了他？今天把你們也抓住——」空中那個聲音毫不客氣。

博士突然舉起了右手，嘴裏默唸了一句「紅光球」的口訣，只聽「嗖」的一聲，一個閃着紅光的火球順着他的指尖飛向天空，升空兩百米後發出清脆的爆炸聲，這聲音迴蕩在山林中，同時幾公里外都能看見空中紅色的炸點。

第九章　空中大戰

爆炸的紅光球不僅僅是信號，也為飛天魔警指明了方向。那些隱身魔怪都好奇地看着那個升空的紅光球。

天空中由遠及近地傳來一陣摩托車的轟鳴聲，披着黑色斗篷的飛天魔警們已經不再隱去發動機的聲音，他們要用聲音震懾一下魔怪。轉瞬間，愛葛莎他們就趕了過來。魔警們馬上就包圍了空中的魔怪，飛天摩托車頭都安裝了類似幽靈雷達的監視儀，能夠清晰地觀測到幾百米範圍內的隱身魔怪。

「請來救兵了。」魔怪頭目輕蔑地發出一聲冷笑，「大家注意——攻擊——」

它的話音剛落，十幾枚氣團呼嘯着飛向了天空中的魔警，魔警們訓練有素，他們毫不慌亂，駕駛着摩托車上下翻飛躲避攻擊，黑色的斗篷在空中被風吹起，使這些魔警顯得英武非常。魔怪的炸彈全部被躲過，飛走後在很遠的地方爆炸。

「聽我指令——開炮——」愛葛莎躲過攻擊後大聲喊道。

「轟——轟——轟——」五輛飛天摩托車前方的火炮一起射出藍色的光球炮彈，直撲那些魔怪。

「好——」保羅在下面看得興奮，他真想射出幾枚導彈助陣。

「咣——咣——咣——」海倫通過幽靈雷達觀察到，藍色光球全部在魔怪羣中炸開，排列整齊的魔怪隊伍當即就被炸散開來。

「反擊——注意規避炮彈——」魔怪頭目的聲音傳來，它的喊聲中略帶恐慌，看來它知道碰到對手了。

「射擊——射擊——」愛葛莎隊長大聲地喊道。

「猛烈射擊——」保羅在地面高興地又跳又蹦。

「轟——轟——轟——」又是一排炮彈射過去，全部在魔怪中炸響。

雖然魔怪們的戰隊隊形完全被打散了，但這些傢伙並沒有撤退，而是仗着數量多，從各自位置展開反擊，一枚枚的白色氣團射出，襲向駕駛着飛天摩托車的魔警。

天空中，爆炸聲響成一片，藍色和白色的爆炸火光交映在一起，像是節日的禮花彈。雙方的火力都很猛烈，博士好幾次看見藍色炮彈和白色氣團炸彈正面撞擊，隨後猛烈爆炸。

「衝——」眼看己方火力壓制住了對方，愛葛莎大喊一聲，率先衝進了魔怪之中。

魔怪見有人衝進來，慌忙散開，這時另外幾個魔警也衝了過來，魔怪們四處躲避。愛葛莎瞄準了一個逃跑的魔怪，一炮轟了過去，那個魔怪當即被炸得在空中翻了幾個身，隨後墜落下去，不過快落到樹梢的時候，它翻了一個身，又飛起來了。

愛葛莎很是吃驚，不過此時還顧不上這些，她緊接着又鎖定一個目標，猛烈開火。

飛天魔警們佔了上風，他們開始追逐那些魔怪，魔怪們到處亂竄，但是都沒有退出戰鬥，它們也在找機會進行反擊，天空中緊張地上演着一場大戰。

「急死我了！」保羅急得直跳腳，他想幫忙，但是雙方混戰在一起，不能發射導彈。

「不要着急，放心吧。」博士看看保羅，他現在也幫不上什麼忙。

空中，戰鬥還在繼續，海倫和保羅早就發現魔怪們的白色氣團炸彈威力不如藍色光球炮彈，而且準確性也差，一些魔怪頂不住魔警的火力攻擊，開始出現後退跡象。

「不要撤——頂住——」魔怪頭目也發現了這一情況，大喊着招呼手下。

「轟——」的一聲，一發藍色光球炮彈炸中了魔怪頭

目，它先被氣浪推上天，隨即墜落下來。這傢伙砸落在一棵樹上，樹枝被砸斷了幾根，不過它沒有繼續落地，而是一下又飛了起來，似乎有手下飛過去拉住了它。

魔怪頭目墜落的地方就在海倫頭頂上方，海倫通過幽靈雷達看到了這個情況，連忙把捆妖繩取出，準備捆住那個魔怪，但那傢伙又開始上升了，最後飛出了拋繩子的範圍，海倫急了，她猛地一甩手。

「凝固氣流彈——」

海倫飛出的凝固氣流彈直直地朝魔怪頭目飛去，剛才天空一片混戰，她是不敢出手的，現在魔怪頭目就在自己頭頂。

「啪」的一聲後，空中又傳來一聲慘叫，凝固氣流彈擊中了毫無防備的魔怪頭目。博士看到海倫出手，也跑了過來。

被擊中的魔怪頭目又開始下落，不過它隨即被接住，再次上升。

「叫你偷襲！」接住魔怪頭目的一個傢伙邊把魔怪頭目往上拉邊喊着，還向地面一甩手。

「嗖——嗖——嗖——」幾枚氣團炸彈飛向地面，海倫和博士連忙躲避，氣團炸彈在地面炸響。

「撤退——撤退——」空中有個魔怪喊了一聲。

魔怪頭目沒有制止，它受傷了，在空中被追逐的魔怪們立即開始向魔怪頭目的方位聚攏，飛天魔警們哪裏肯放過它們，立即圍追過去。

「好——包圍它們——」保羅在地面加油鼓勁。

「逃逸彈——」空中忽然傳來一個聲音，這聲音不是飛天魔警喊出來的，而是一個隱身魔怪喊出來的。

「呼——呼——呼——」天空中突然出現了一陣風聲，緊接着，四枚散發着綠色光芒的圓形球狀物出現在空中，這四枚綠色圓球一字排開，每枚相距十米，在空中懸停並飛速自轉。

飛天魔警和博士都看呆了，不知道這是什麼東西。

「轟——」的一聲巨響，四枚光球一起爆開，天空中當即全是綠色的煙霧。愛葛莎差點被震下摩托車，她身邊的一名魔警的摩托車一歪，也差點倒下。

爆炸過後，所有的魔怪都不見了，它們瞬間就從摩托車車頭的監視儀裏消失了。

「隊長，監視儀失靈——」一名魔警大聲地喊道，他完全失去了目標。

「隊長，我的也失靈了——」另外一名魔警也高喊道。

愛葛莎看看自己的監視儀，監視儀上出現了一行閃爍的字幕——系統無法顯示。

地面上，海倫驚奇地看着自己的雷達，她的雷達熒幕一片雪花，她急得用力晃晃雷達，還是一片雪花。

「博士，魔怪預警系統提示有故障，暫時無法使用。」保羅焦急地喊道。

所有監測魔怪的儀器在綠色球狀物爆炸後，全部失靈了。

博士蹲下身子，讓保羅升起電腦熒幕，準備檢測一下。

天空中，失去目標的魔警們一片茫然，那些魔怪全都不見了蹤影，大家都不知所措。

「啊，隊長，監視儀恢復正常了。」一名魔警驚喜地叫道。

「我的也恢復了。」又一名魔警大喊。

愛葛莎馬上看了看自己的監視儀，發現上面飛出一行字幕——故障解除，系統狀態正常。

與此同時，地面上海倫和保羅的雷達及預警系統也恢復了正常。

「它們剛才使用的是專門對付魔怪監測儀器的逃逸炸彈。」愛葛莎恍然大悟，「我們的系統會有短暫的失效，足夠它們逃逸的。」

說着，愛葛莎揮揮手，她駕駛着摩托車飛向地面，後面的隊員都連忙跟上，車隊停在地面上，愛葛莎走到博士身邊。

「讓我們的儀器短暫失效，它們確實有手段。」愛葛莎說，「博士，下一步怎麼辦？」

博士沒有馬上回答，而是抬頭向山頂方向張望了一下。

「我們去山頂。」博士指着山頂方向說，「如果我沒有判斷錯，山頂一定有魔怪的藏身洞，我們去找到它們的藏身地。」

「好的。」愛葛莎點點頭，「你坐到我們的車上來，我們馬上到山頂。」

博士和保羅上了飛天摩托車，博士坐在愛葛莎的車後，保羅神氣活現地站在車頭，海倫則坐在另外一輛摩托車後。

飛天摩托車發出一陣轟鳴聲，隨後依次升空，他們很快就飛到了山頂。

「檢測這裏的每一寸土地。」愛葛莎說着用車頭的監視儀對準山頂，開始探測魔怪反應。

五輛摩托車繞着山頂檢測起來，海倫也用幽靈雷達對着下方探測。山頂區域的面積不算很大，不過樹木茂盛。

「隊長——這裏有魔怪反應——」一名隊員突然興奮地喊道。

他的聲音頓時把大家召集過來，所有的儀器都對着那名隊員指着的方向探測，海倫的幽靈雷達上果然出現了魔怪反應，但是這種反應極為微弱。

「距離兩百米，不過反應不強烈。」保羅也探測到了魔怪反應，「這麼近的距離出現這麼弱的反應，博士，魔怪不在裏面，我想只是找到了它們的藏身洞。」

「應該是這樣。」博士說，「愛葛莎隊長，我們下去看看。」

「好的。」愛葛莎點點頭，駕駛摩托車向魔怪反應發出的地方駛去。

一般來説，魔怪探測儀器在五百米內探測到魔怪後，都能發出強烈反應，但這次出現的只是微弱反應，説明大家探測到的是一個魔怪長期居住的地方，這種地方由於魔怪長期停留，會留下魔怪的氣味等痕跡，探測儀器測到這些痕跡後也能發出比較微弱的魔怪反應。

五輛摩托車飛了下去，他們在林中着陸，博士下了車，小心地向那個發出魔怪反應的地方走去。

他們慢慢地接近目標，只見魔怪反應是從一處石壁下的灌木叢中發出來的，經過近距離探測，這裏沒有魔怪。

博士走到灌木叢那裏，用手撥開灌木，石壁最下方出現了一個黑乎乎的洞口，洞口較小，博士鑽不進去。

「就是這裏。」海倫把幽靈雷達伸向洞口，「嗯，魔怪反應強了一些。」

「魔怪已經走了。」愛葛莎在博士後邊，「要進去看看吧？」

「是的。」

博士伸出手，兩手用力一掰，只聽「咔」的一聲，洞口的一塊石頭被他拉開了，他其實是默唸了魔法口訣的，所以才有這樣的力氣。接着，他又弄開了洞口處的幾塊石塊，擴大了洞口。

「我先下去。」海倫見洞口被擴大了，沒等博士同意，一下就跳了進去。

「我也進去嘍。」保羅也跳了進去。

博士跟着進了洞，海倫已經點亮了一枚亮光球，亮光球發着白光，將山洞照得非常明亮。

從外面看山洞的洞口很小，但進入後大家發現這是一個非常大的山洞，裏面足有三十米長，兩米多高，四米多寬，山洞基本呈現出隧道的形態，裏面的石壁比較光滑，一看就是被打磨過的，「隧道」的兩側，還有很多被開鑿出來的石洞，好像一個個的「小房間」。

山洞裏沒什麼東西了，海倫想找一些魔怪使用過的東西，飛天魔警也想在洞裏找魔藥，但都沒有找到。洞裏倒是有一些石鍋、石碗等器具，估計是魔怪吃飯時用的。

「博士，你看。」海倫拿着一個東西走過來。

博士正在看着地面，地面上有一些漿果的果實，似乎是誰吃了又吐出來的。他接過海倫遞過來的東西，原來是兩根細細的尼龍繩，其中一根被弄成了一個圈套。這兩根尼龍繩和套住保羅及本傑明的一模一樣。

「魔法那麼高深，還搞這種小伎倆？」海倫說。

「這好像不是對付我們的。」博士搖搖頭，「再說這東西連普通人都對付不了……」

「博士，我怎麼聞到了本傑明的味道？」保羅走過來，他站在博士身邊，鼻子東聞西嗅，眼睛到處巡視着。

「那你快找找看。」博士連忙催促道。

「本傑明的味道好重呀。」保羅轉了轉腦袋，隨後低頭在地上聞聞。

大家的目光全都集中在保羅身上，保羅很嚴肅，也非常認真。他在洞裏轉了轉，最後來到洞中的一個大石塊旁，這塊石塊不高，但面積也不算大，表面也很平。保羅跳上石塊，在上面嗅了嗅，還搖搖尾巴。隨後，他跳下石塊，進到一個「小房間」裏，大家全都跟到了「小房間」

的門口。

「整個石洞裏都有本傑明的味道，很淡，剛才那個石塊上稍微重一些，不過最重的就是這個小山洞裏了，這裏全是本傑明的味道。」保羅看着大家，「他100%在這裏待過，這是我最新統計的結果。」

石塊上有本傑明的味道，
到底他去了哪裏呢？

「本傑明一定是被抓到這裏了！」海倫有些激動地說，「現在被轉移了。」

「要是這樣，這裏只是魔怪們的一處巢穴。」博士說，「根據我的判斷，魔怪們在這片山區不應該只有這一處巢穴，它們一定還有其他巢穴。」

「本傑明不會被它們帶去很遠吧？」海倫急着問。

「應該不會。」博士說，「看看這個山洞，這些傢伙數量不少呢，它們遷移到遠方可不那麼容易，應該是隱藏在附近的山中了。」

「博士——博士——」保羅的聲音又傳來，而且顯得很激動，大家談話的時候，他早就跑開繼續找尋了。

「怎麼了？」博士跑過去連忙問。

在「隧道」接近盡頭的一角，保羅指着一處被木柴覆蓋的地方，這是一個木柴堆，木柴歪斜散落着，博士和愛葛莎連忙移開那些木柴，一個不大的洞口完全露了出來。

「我去看看——」保羅一下就鑽了進去。

「等——」博士想阻攔，可已經來不及了。

不到一分鐘，保羅便又從洞口跳了出來。

「這是一條秘密通道，直通外面。」保羅說道，「出口非常隱蔽，在一棵大樹下，還有塊巨石壓在上面，露出一個小小的洞口。」

「真是狡猾，怕被堵住，設計了這樣一個逃跑通道。」愛葛莎說，「再仔細找找，一定還有這樣的逃跑通道。」

果然，一番查找後一名魔警在一個「小房間」的石壁處移開一塊石頭，發現了一個類似的通道，保羅鑽進去後回來報告說，通道的出口在一條小溪邊，也非常隱秘。

「從洞口的大小看，魔怪的身材不高。」博士開始分析道。

「對，和它們交手的時候我也感覺到了。」海倫說。

「從這個洞裏的情況看，一點也不雜亂，除了一些石鍋石碗外，魔怪幾乎什麼東西都沒有留下，即使是石鍋石碗，也是擺放整齊的，看來魔怪們不是慌亂中逃走的，而是早就有了準備，它們明顯不是施放逃逸彈干擾幽靈雷達後回到這裏匆匆搬走東西的，時間上也不夠，這裏應該早就被它們轉移一空了，包括本傑明。」

大家都看着博士，靜靜地聽着他的分析。

「海倫，我們不用擔心這夥傢伙遠走高飛，剛才我說的它們較難大規模轉移是一個原因。」博士繼續說，「它們早有準備，知道我們很可能會找來，就轉移到另外的巢穴，不過它們在這附近安排了哨兵，因為它們判斷我們一定會找來。哨兵發現我們後，召集躲到另外一個巢穴的同夥來圍剿我們，它們沒想到的是會被飛天魔警擊敗。被擊敗後，它們根本就沒有再回這裏，而是直接去了另外的巢穴，我估計應該也是一個山洞。」

「你是說這附近還有這樣的山洞，它們就藏在裏面？」一名飛天魔警問。

「對。」博士點點頭，「而且不會很遠。」

「有道理。」愛葛莎信服地點點頭。

「老伙計，升起電腦熒幕，顯示這裏的地圖，比例尺設為1：200000。」博士看看保羅。

保羅立即從後背升起一塊電腦熒幕，上面顯示出來一張斯諾登山區的地圖。

「大家看，這附近有很多這樣的山呢。」博士指着地圖，「全都環繞在主峯旁，魔怪們一定就隱藏在其中的一座裏面。」

「我們這就展開搜索！」愛葛莎看着熒幕，果決地說，「從天空中向地面發射探測聲納，應該能找到它們。」

「好。」博士點點頭，「不過要特別注意兩點：一是要隱身隱聲，避免被魔怪發現，另外由於工作量不小，我們要選擇重點，主峯那裏先不要搜索了，那裏經常有人攀登，魔怪隱蔽不易，還有那些矮的山，魔怪隱藏也不易。」

「明白。」愛葛莎看看博士，「博士，你們和我們一起升空搜索？」

「好的。」

第十章　魔怪的另一個巢穴

博士又和愛葛莎簡單地研究了一下，找出要重點搜索的幾座山，編了號，隨後大家走出了魔怪的藏身洞，再次上了摩托車，他們要按照編號展開聲納搜索。

五輛摩托車在地面隱形隱聲，上面的魔警也隱了身。博士、海倫還有保羅也唸了隱身口訣。飛天摩托飛上天後，分別飛向斯諾登山附近的幾座山，他們有各自的分工，一輛摩托車先搜尋兩座山，環山發射聲納探測魔怪藏身處，這個工作量可是不小的。

博士坐在愛葛莎隊長的摩托車後，他們搜索的山標號為1號和6號。很快，他們就飛到了1號山的山頂，在高空俯瞰這座山，博士發現這裏和魔怪藏身的山沒什麼大的區別，不過林中的情況從空中觀測幾乎什麼都看不到，只看到一些小鳥在樹間飛來飛去。

「山高900多米。」保羅說，他的儀器在空中也能探測一些基本資料。

「我們下去，環山搜索。」愛葛莎小聲地對身後的博士說。

「好的。」博士說，「保羅，你也要幫忙。」

「沒問題，看我的。」

飛天摩托下降到山的東側，懸停在三百米左右的高空，愛葛莎把探測魔怪的聲納系統打開，摩托車的車頭平行對準了山林，隨後發射了一個聲納探測信號——博士他們決定從每座山的三百米處開始探測，因為魔怪在海拔低的地方隱藏的可能性很小。

保羅也向正前方發射了一個聲納信號，兩個信號一起射出去，一秒鐘後，沒有任何反應信號，如果有魔怪存在，聲納會在一秒鐘後反彈回來的。

「四百米高度，發射。」愛葛莎邊說邊把摩托車的車頭輕輕上抬，隨後又發射出聲納信號。

還是沒有反應，愛葛莎將摩托車升空至五百米的高度，先是平行發射出信號，隨後抬起車頭向六百米、七百米、八百米以及山頂連續發出探測信號，保羅也在探測着，不過探測沒有任何結果。

「我們去南面。」愛葛莎說着將摩托車轉向，飛到了這座山的南側。

和剛才一樣，她把車先是懸停在三百米的高度，平行發射信號，隨後升空探測。不過期待中的魔怪反應信號始終沒有出現。

博士一直用手裏的幽靈雷達對着山林進行探測，他也沒有探測到什麼。不過無論是博士還是愛葛莎，都沒有放棄，他們知道魔怪不可能那麼快就找出來，只要魔怪在這些山上躲藏，通過聲納探測一定能把它們找出來。

圍繞着這座山，他們仔細地探測了一圈，耗時半個小時，不過沒有找到魔怪，愛葛莎和其他幾個隊員通過對講系統進行了聯繫，另外的隊員也沒有收穫，海倫跟着的那個隊員剛剛檢測完目標山體的大半側，速度最慢。

「博士，他們都沒有什麼結果，我們去6號山？」愛葛莎和隊員們聯繫完，問道。

「好的，我們去6號山。」

飛天摩托車向另外一座山飛去，此時的斯諾登山，非常靜逸，微微的山風從一棵棵的大樹的樹梢掠過，樹枝輕輕擺動着，山林間小溪流淌，小鳥鳴叫，誰能知道這樣的山間還隱藏着魔怪呢？

愛葛莎剛剛飛到6號山，只聽到對講機裏傳來一陣呼叫，那聲音顯得非常激動。

「報告隊長，我們探測到了強烈的魔怪反應！」

「鎮靜，不要輕易攻擊，我們馬上趕到。」愛葛莎按了一下對講機按鈕，「全體隊員注意，馬上向3號山峯集合，馬上向3號山峯集合。」

「有發現了？」保羅激動地問。

「海倫他們那組發現了目標，在3號山峯。」愛葛莎沉穩地說，「我們馬上趕去。」

飛天摩托車全速向3號山峯趕去。編號為3的那座山在斯諾登山主峯東側2公里處，距離被找到的魔怪藏身洞有5公里多。

愛葛莎率先趕到，只見海倫和駕駛員懸停在3號山的南側，高度大概有八百米。

緊接着，另外幾輛摩托車也趕到了，大家都有些激動。

「就在那裏，正前方。」搭載着海倫的魔警對愛葛莎說，「距離有600米，我們還沒有靠近，應該也是一處山洞。」

愛葛莎和另外幾個隊員一起向那個方向發射聲納探測信號，立即收到了魔怪反應，而且極其強烈。

「我的幽靈雷達距離不夠。」海倫舉着雷達看看愛葛莎，「否則可以準確判斷魔怪的數量。」

「應該在十個以上。」愛葛莎看了看監視儀。

「我連發四枚導彈，把它們全都炸上天！」保羅氣呼呼地說。

「裏面還有本傑明呢！」海倫馬上不高興地說，「保羅，你想都不想就說話？」

「噢，對不起，裏面還有本傑明呢。」保羅吐吐舌頭，「我忘了，我總是覺得本傑明和我們在一起呢。」

「就算本傑明不在裏面也不能這樣做。」博士說，「那個藏身洞有好幾個逃跑通道，這個肯定也有，而且我們不知道逃跑通道的出口，如果有倖存的魔怪肯定會從通道跑掉，這樣還是不能全部剷除。」

「那我們開始攻打山洞！」保羅着急地說。

「不能蠻幹。」博士說，「那麼小的洞口，我們不可能一下就攻進去，它們還是會利用通道跑掉的。」

「那怎麼辦？」保羅真的着急了，在場的人也全都看着博士。

「我想一想。」博士說完低下了頭，望着下面的大樹。

山中的鳥鳴聲似乎一下都小了很多，它們也怕打攪博士的思考，忽然，博士的臉上露出了笑容，海倫和保羅頓時興奮起來。

「我們這樣……」博士胸有成竹地看着大家，說出自己的計劃。

第十一章　魔怪的真實身分

十分鐘後，飛天摩托車發出一陣轟鳴聲，隨後，騎着摩托車的魔警和魔幻偵探們全部現身，飛天摩托車一字排開，向魔怪反應發出來的地方駛去。

「博士，我鎖定了目標。」距離魔怪藏身處還有四百米，保羅回頭看看博士。

「發射。」博士點點頭。

「嗖」的一聲，站在飛天摩托車車頭上的保羅進行了空中發射，一枚追妖導彈射出，直奔目標飛去。保羅已經探測到了魔怪藏身洞的洞口，但它的導彈鎖定的目標不是洞口，而是洞口側面的石壁。

「轟——」的一聲巨響，石壁被炸開了，石塊和泥塊四處飛濺，掩蓋在藏身洞洞口的灌木也被炸得不見了，藏身洞的洞口清晰地露了出來。

飛天摩托車飛到距離藏身洞五十米外的地方，沒有再前進，而是懸停在半空中。博士和海倫、保羅縱身向下一躍。

「輕輕的身體輕輕地飄。」魔法偵探們各唸口訣，慢

慢地落地了。

「你們出來投降——」飛天魔警們此時對着洞口大喊起來。

博士幾人落地後距離洞口大概有一百米，他們前行到五十米處，不再前進了，也大喊着叫裏面的魔怪投降。

魔怪藏身洞很久都沒有聲音，海倫甚至懷疑裏面有沒有魔怪，不過她的幽靈雷達已經明確地探測到了魔怪反應，它們就在裏面，而且數量絕對在十個以上，它們全都聚集在洞口的後面。

「呼——」的一聲，只聽洞口突然傳來一陣巨大的風聲，幽靈雷達顯示：有十個魔怪一起衝了出來，它們飛到洞口上方，排成了兩組，面對着飛天魔警。

「剛才偷襲我，讓你們佔了便宜！」一個聲音從空中傳來，魔怪頭目又說話了，它的傷好像已經好了（此時這些傢伙還是隱身的），「現在還敢來，那我們這次就不客氣了！」

「你們這些害人的魔怪，趕快投降！」愛葛莎指着聲音傳來的方向喊道，「放了本傑明！」

「還想讓我們放了那個小巫師？」魔怪頭目冷冷地說，「有本事你們來把他帶走呀……」

「隊長，不要理它。」愛葛莎身邊的一個魔警憤憤地説。

「攻擊——」愛葛莎大喊一聲，隨後射出了一枚藍色的光球炮彈。

「轟——」的一聲，炮彈在魔怪中炸響，魔怪們看到炮彈射來，全都閃開。

「還擊——」魔怪頭目大喊一聲，大家已經非常熟悉它的聲音了，「齊射——」

魔怪們開始了瘋狂的反撲，這次的魔怪比上次多了兩個，火力也猛烈一些，飛天魔警們看到白色的氣浪炸彈形成了一個密集的炸彈羣飛速射來，全都駕駛摩托車閃到一邊。

「轟——」一聲巨響，密集的炸彈羣一起爆炸，地動山搖。

躲過炸彈羣攻擊的魔警在天空中散開，隨後開始反擊，一枚枚的藍色光球炮彈炸響後魔怪們也四處散開，它們仗着數量多，兩個一組圍攻飛天魔警。一場天空戰又展開了。

地面上，博士和海倫也開始了進攻，他們看準機會，向飛在空中的魔怪射出凝固氣流彈，不過那些魔怪飛得很高，氣流彈發揮不了效力。

飛天魔警們毫不在乎自己數量上的劣勢，他們的藍色光球炮彈威力巨大，魔怪們也知道這點，看到射來的炮彈立即進行躲避。

一個魔怪被藍光炮彈震得在空中一個翻身，隨即急速下降，博士看準機會，立即甩出一枚凝固氣流彈，那個魔怪連忙一閃，氣流彈在它身邊炸響，它被震得大叫一聲。

就在這時，洞口那裏又出現兩個魔怪，它們也是隱身的，看到博士和海倫在地面上偷襲自己的同夥，連忙射出幾枚氣浪炸彈。

「轟——轟——」氣浪炸彈在博士和海倫身邊炸響，他倆連忙躲到樹後，和洞口的魔怪對射起來。

又有兩個隱身魔怪從洞裏飛出來，加入到空中的大戰之中，魔怪們的火力更加猛烈了，飛天魔警們騎着隆隆作響的摩托車，在天空中上下翻飛，摩托車的轟鳴聲和爆炸聲響徹一片。

魔怪們顯然判斷出愛葛莎是隊長，三個魔怪一起圍攻她，愛葛莎毫不畏懼，駕駛着飛天摩托車靈活地在空中和魔怪展開了對攻。

「嗖」的一聲，一枚氣浪炸彈對着愛葛莎迎面飛來，她壓低摩托車，炸彈擦着她的頭皮飛了過去。

愛葛莎躲過一擊，不過她低頭的時候，正好看見自己的一名隊員被氣浪炸彈掀翻，隨即從摩托車上飛了出去，直直地墜向地面，失去控制的摩托車也砸向了地面。

「蓋爾——」愛葛莎大叫那名隊員的名字，還下意識地伸出手去。

一切都晚了，那名隊員一下就摔到地上，一動不動的，摩托車掉在樹上，砸斷了幾枝樹枝，也落在地上。

「布蘭，幹得好——」空中傳來魔怪頭目的讚許聲。

愛葛莎向聲音傳來的方向射出了憤怒的目光，正在這時，「轟」的一聲，一枚氣浪炸彈在愛葛莎身邊爆炸，她慘叫一聲，差點也被掀飛，她的摩托車好像嚴重受損，直奔地面衝去。愛葛莎看上去受了傷，失去了對摩托車的掌控。

「隊長——」

兩名魔警看到隊長墜向地面，立即脱離戰鬥，同時飛到愛葛莎身邊，其中一個一把拉住愛葛莎，另一個協助他將愛葛莎扶到後座上，愛葛莎的摩托車則直直地墜向了地面。

「嗖——嗖——嗖——」幾枚氣浪炸彈跟着飛了過來，駕駛着摩托車的魔警連忙閃避。

轉瞬間，飛天魔警一個墜地，一個受傷，實力大減，看到機會的魔怪們一起撲了上來，像是要吞掉剩下的三個魔警。

「隊長受傷了——撤——」載着愛葛莎的隊員大喊起來，隨後駕車加速奔逃。

另外兩個魔警慌忙向魔怪們射出幾枚炮彈，其中一個在同伴的掩護下飛到地面把墜地的蓋爾放到自己的摩托上，飛天魔警全都逃走了。

幾個魔怪追了上去。地面上，博士和海倫看到了這一幕，望着天空急得大喊起來。

「你們不要走呀——喂——回來——」

他們的話音未落，十幾枚氣浪炸彈就在身邊炸響，沒有去追魔警的魔怪們立即把攻擊目標轉向博士，爆炸聲過後，只見博士、海倫還有保羅全部趴在地上，一動不動的，他們都被炸倒了。

「哈哈——他們全都完蛋了——」魔怪們歡呼起來。

「看看他們還活着嗎？」魔怪頭目下令，「活着就抓來，我看他們只是被炸暈了。」

幾個魔怪飛下來，看到博士他們沒有死，架起他們往洞裏飛。

「報告，他們沒死，暈過去了。」一個架着博士的魔怪報告道。

「弄進洞裏捆起來。」魔怪頭目說。

「報告，追不上，他們的速度快。」追擊魔警的魔怪回來了，向魔怪頭目報告。

「那就不追了，看他們還敢不敢來！」

魔怪們凱旋收兵。博士幾人被架到了山洞裏，這個山洞和剛才的那個差不多，裏面有些暗。博士他們被放倒在山洞的地面上，幾個魔怪把他們捆了起來。博士和海倫都緊閉着眼睛，處於昏迷狀態。

「嗚——嗚——啊——」一聲發悶的聲音傳來，只見本傑明被關在一處石洞裏，看見博士他們，激動地往外衝，不過他的嘴巴說不出話了，只能發出「嗚嗚」聲。

「你不要出來！」一個魔怪攔截住了本傑明。

「嗚——嗚——啊——」本傑明被攔住，嘴巴裏喊叫着，就是說不出話來。

正在這時，洞口外傳來一片摩托車發動機的聲音，緊接着，洞口那裏又傳來幾聲爆炸聲。

「長老——長老——」一個魔怪慌慌張張地跑進來，「騎着鐵驢的傢伙又來了——」

「什麼？」魔怪頭目大叫道。

「真的來了，五個，又來了五個，菲力和他們打起來了……」

「出擊——」魔怪頭目大喊道。

他剛一下令，幾個魔怪就飛了出去。魔怪頭目剛想出去，就在這時，博士和海倫突然跳了起來，他們一下就掙斷了繩子，保羅沒有被捆，也站了起來。

「不要動——你們被包圍了——」博士大喊道。

「誰要是亂動我可不客氣了！」保羅背後的導彈發射器彈了出來，對準了魔怪，「你們中計了！」

一切都是博士的安排。如果強攻這個山洞，魔怪一定會沿着逃跑通道跑掉。博士叫愛葛莎他們假裝戰敗逃走，自己和海倫、保羅假裝被炸暈，這樣一定會被帶進山洞，進來以後他們就能從裏面封鎖魔怪出逃的道路了。

飛天魔警墜落、摩托車墜落都是預先設計好的，魔警墜地前可以唸口訣浮起，所以不會受傷，摩托車也是可以被遙控的，墜地前也能浮起，摔不壞。保羅一進到洞裏就向愛葛莎的對講系統發送了資訊，飛天魔警們全部趕來，裏應外合擒拿這些魔怪。

「哼——竟敢騙我——」魔怪頭目氣呼呼地撲了上來。

魔怪們此時已經現身了，博士剛才一直閉着眼睛，現在看見了魔怪的樣子，正在他有些發愣的時候，魔怪頭目一拳打來，博士連忙擋開它的攻擊。

「上——」另外一個魔怪大吼一聲，洞裏的七、八個魔怪一起撲了上來。

博士和海倫被圍在當中，保羅不敢使用導彈，本傑明還在石洞裏「嗚嗚」地叫。洞外，飛天魔警們也和魔怪打在一起。

「停手——停手——」博士大喊着，他只是被動抵抗魔怪頭目的攻擊，沒有還手，還招呼雙方停手。

「不要停——打死這些巫師——」魔怪頭目可不願意停手，他瘋狂地攻擊着博士。

「山精靈——你們是山精靈——」博士大喊着，「不要打了——誤會——」

「沒錯，當然是山精靈，我們也沒説自己是水精靈——給我打——」魔怪頭目喊道。

魔怪們的樣子非常清晰地呈現在博士面前，它們原以為博士昏迷了，都沒有隱身。此時對博士展開攻擊，也忘了隱身。這些魔怪長得和人類差不多，但是個子都不高，通體呈現出一種半透明的狀態，還散發着綠瑩瑩的微光，它們的後背都長着翅膀，飛行時發出輕微的「呼呼」聲正是搧動翅膀的聲音。博士知道它們的身分了，他們是山精靈——小精靈的一種。

第十二章　「嗚啊」叫的本傑明

「我是南森——魔幻偵探所的南森——」博士邊打邊退，「南森——」

「什麼南森？打——」一個魔怪從背後出拳，一下砸在博士後背上，博士差點摔倒。

「博士——」有些招架不住的海倫叫了起來，「山精靈不是與人為善的嗎？」

「你們認識希歐多爾會長嗎？」博士顧不上理睬海倫，「他現在是魔法師聯合會的會長！」

「沒聽說過！」山精靈長老——也就是那個魔怪頭目依然步步緊逼，連連出拳，「真囉嗦，和小巫師的廢話一樣多。」

「等一下，等一下。」博士往後退到了石壁前，無路可退了，山精靈們團團圍住了他，博士明顯不想出手傷害山精靈，「你認識莫頓嗎？精靈莫頓……」

一個山精靈一拳砸來，博士擋開了他的攻擊。

「停止攻擊。」山精靈長老擺了擺手，站在那裏，他疑惑地瞪着博士，「你說莫頓？住在泰斯特河的那個莫

頓？」

「他一百年前住在那裏，現在在倫敦。」博士激動地說，「他現在在倫敦魔法師聯合會工作，是聯合會資訊部的主任……」

「你和他是朋友？巫師和精靈是朋友？」山精靈長老冷冷地說，「你以為我會相信？」

「首先，我不是巫師，我們是魔法師。」博士語速飛快，「另外，我馬上給你聯繫莫頓。」

說着，博士掏出手機，迅速地撥了一個號碼。山洞裏的打鬥此時已經停止了，只有洞外還發出陣陣爆炸聲。

「長老，頂不住了！」一個魔怪大叫着衝進來，很是慌張，「快增援呀！」

「撤，先撤到洞口。」山精靈長老擺擺手，「守住洞口。」

「喂，啊，是莫頓，我現在在斯諾登山，你馬上開啟視頻通話功能，愛葛莎也來這裏了……對，就是斯諾登山的那個案子，斯諾登山的魔怪其實是山精靈，他認識你，只是他認為我們是巫師，你和他解釋……」

博士把手機遞給了山精靈長老，山精靈長老小心翼翼地接過手機。

「這……這是什麼？」那長老問。

「手機……沒用過？」博士指指手機熒幕，「看着這裏，說話就可以了……」

「嗨，布勞奇，你這個老傢伙，我們兩百年不見了吧？」手機熒幕裏顯現出一個和山精靈差不多的精靈的頭像，那個精靈就是莫頓，他眉飛色舞，很興奮。

「莫頓？」山精靈長老布勞奇瞪大了眼睛，他看看博士，手指着熒幕，「哈，真是莫頓，這傢伙還是沒變……喂，莫頓，你還欠我一瓶蘋果酒呢，現在要付利息了，要十瓶才夠！」

「布勞奇，你可真不客氣呀。」莫頓笑了起來，「你不住在斯科費爾山了？怎麼跑到斯諾登山當魔怪了？還和我的朋友南森打起來了？聽我説，南森是魔法師，不是巫師，以前你這傢伙就昏頭昏腦的，這麼多年了怎麼還這個樣子呀……」

「誰是魔怪？我怎麼會當魔怪？」布勞奇爭辯起來，「我們兩百多年前就移居到這裏了，我們可是隱居，從來就不招惹誰……」

「那你們怎麼把人抓走了？」海倫突然問道，打斷了布勞奇的話。

「我……他是壞人。」布勞奇瞪着海倫，氣呼呼地説。

「好了好了，布勞奇，南森是我的朋友，他是抓魔怪的，是個大好人，你們有誤會，自己談談吧。啊，南森可是每年都被魔法師聯合會表彰的，魔法師聯合會你知道吧？」

「知道，會長是彼得森……」

「那是兩百年前的會長，現在是希歐多爾了。」莫頓笑了笑，「難怪，你們山精靈就喜歡隱居……」

莫頓掛了電話，布勞奇慢慢地把手機還給了博士。

「能不能讓外面的人進來，他們不是巫師，他們是莫頓的同事，都是魔法師聯合會的魔法警員。」博士指了指外面。

洞口處，山精靈正在向攻到門口的魔法警員反擊，爆炸聲不斷。

「不要打了。」布勞奇對着門口大喊起來，「讓他們進來。」

「海倫，你去叫他們進來。」博士對海倫説道。

海倫跑到停戰的洞口，對着外面揮揮手。

「愛葛莎隊長，進來吧，是誤會——」

飛天魔警們看見海倫在招呼大家，判斷沒有圈套，依次飛進了山洞，山洞裏的山精靈全都顯了身，大概有十四五個。

山洞裏一時顯得很安靜，那氣氛是緊張中帶着些許尷尬。博士一看到山精靈的真身就知道這裏有誤會。山精靈是小精靈的一種，小精靈可都是正義的，也很有愛心。山精靈比較罕見，一般都居住在海拔五百米以上的山中，他們天性喜愛隱居，這一點和平原地帶生活的精靈不太一樣。平原精靈經常幫助魔法師，像莫頓還在魔法師聯合會裏任職呢。

「布勞奇先生……」博士微微笑笑，「我……我想知道，你們為什麼把一個人抓到空中折磨，那人怎麼樣了？」

「怎麼樣了？你的意思是我殺了他？」布勞奇有些不高興了，他指了指一個石洞，「你去看看。」

「嗚——嗚——啊——」那個石洞正是關押本傑明的地方，本傑明大叫着，一個山精靈拉着他。

「開口吧。」布勞奇一指本傑明的嘴巴，唸了句口訣。

「嗚——啊——啊——博士——」本傑明衝了過來，「我被抓來後看到了這些山精靈，告訴他們我們是魔法師，他們不相信，硬説我們是巫師，還嫌我囉嗦，對我唸了禁聲咒……」

「好了好了，這是一場誤會。」博士説着走到那個石洞前，往裏面看了看。

石洞的最裏面，有一張石板牀，有一個人躺在上面，那人似乎很虛弱，看見博士，微微點了點頭。

「你是科舍爾？」博士問，「你的朋友是伊恩，你們進山旅遊，你被抓到了半空中？」

「我是科舍爾。」那人説着尷尬地笑笑。

「進山旅遊？」布勞奇冷笑起來，「你問問他們進山幹什麼？」

「我……我知錯了……」科舍爾小聲地説，「我以後再也不敢了，我還要和伊恩説，我們真的錯了……」

「你們做了什麼？」保羅着急了，大聲問道。

「我們違法捕獵，手段殘忍，這都是為了錢，我們太壞了，鎮上從來都沒有人捕獵山裏的動物，我們卻這樣做了，而且這裏是國家公園，一切捕獵行為都是違法的……」

「等一等！」博士突然擺擺手，他意識到了什麼，從口袋裏掏出來一根尼龍繩，隨後看了看科舍爾，「這是你們布下的？」

「是、是的。」科舍爾有氣無力地説。

一瞬間，博士全都明白了，尼龍繩綁成圈套，布設在森林的灌木裏，對於兔子、狐狸等動物來説殺傷力非常大，一旦小動物鑽進這種圈套，套子只會越勒越緊，小動物不是被活捉就是痛苦地死去。保羅掙脱了圈套是因為他是機械狗，力量非常大。此種尼龍繩捕獵的辦法既簡單又「實用」。

「難怪保羅上次去追兔子時伊恩怎麼那麼拚命叫他，原來伊恩知道保羅跑向設圈套的地方。」博士説，「對了，布朗還踩進了深坑裏，那應該是個陷阱，你倆在山裏也挖了陷阱吧？」

科舍爾點了點頭。

「我養的寵物兔魯比就是鑽進這圈套被勒死的！」叫布蘭的山精靈氣呼呼地説，「他們還在樹杈上布網，抓了很多小鳥。」

「你們不知道這裏是國家公園嗎？」博士瞪着科舍爾，「任何國家公園都嚴禁捕獵，我進山的時候還看到嚴禁捕獵的牌子呢！」

科舍爾沒有說話，眼睛不敢看博士。

「你們抓這些野生動物幹什麼？」博士又問。

「有些吃了，有些是割取毛皮賣錢，抓到好看的小鳥就賣到伯明罕和倫敦的寵物市場。」科舍爾緩緩地說。

「無本的生意。」布勞奇冷冷地說。

山精靈抓科舍爾的原因已經很明顯：科舍爾和伊恩遊手好閒，看到山裏生活着很多動物，就動了壞腦筋。他們設圈套、架網、挖陷阱，抓了不少動物，也賣了不少錢。

布勞奇這些山精靈兩百多年來一直在山上隱居，外出時一般都隱身，不了解外面的變化，人類也不知道他們的存在，但是山裏的動物和他們很熟悉，關係也很好。山精靈發現了尼龍繩圈套和被套住後死去的小動物，原本不知道是誰幹的，後來他們觀察到了經常進山的科舍爾和伊恩，就懷疑他倆了。

幾天前，科舍爾和伊恩進山「收獲」獵物，他倆其實並沒有走散，而是分開行動，科舍爾從一個圈套裏收獲被套住的獵物的時候，守在旁邊的三個山精靈終於找到了元兇，他們便隱身把科舍爾拉到天上，假裝摔死他，最後把他帶回到山洞裏。科舍爾的同夥伊恩就在不遠處，看到科舍爾飛了起來，他哪裏知道科舍爾是被山精靈抓起來的呀，當場嚇呆了，由於他當時並沒有大喊大叫，山精靈並沒有發現嚇呆了的伊恩。

科舍爾被抓到山洞後嚇得魂飛魄散。不過山精靈畢竟是與人為善的，並沒有傷害他，只是警告他不許再殘害動物，否則就不客氣。科舍爾當然連連答應，只要精靈不傷害他，怎麼樣都可以。

原本布勞奇要把科舍爾放走的，但是被山精靈夾帶着飛行的時候，由於山精靈用力過猛，把他的肋骨弄傷了，行動困難，布勞奇就讓他先在山洞裏養傷，好一些再回去。

伊恩回去後說科舍爾飛到天上，警方推斷有魔怪作案，於是博士幾人趕到。布勞奇他們以前確實住在博士進去過的那個山洞，那天幽靈雷達測到天上有魔怪飛過，其實就是一個山精靈正在回家。山精靈當時發現了博士他們，一開始布勞奇不想把事情弄大，就放過了博士幾人。不過博士等再度殺來，雙方便正式交手。抓住本傑明後布勞奇覺得那個山洞不安全，就撤到了這個山洞，但他在撤離的山洞附近安排了一個哨兵，這個哨兵發現了帶着魔警上山的博士，並利用法術召集來同伴應戰，失利後山精靈們全都來到這個山洞。

「布勞奇先生，你們懲罰科舍爾這件事確實沒錯。」

經過一番相互解釋，真相明瞭了很多，不過博士還有些疑問，「可是你們為什麼認為我們是巫師而不是魔法師呢？我們一直以為你們能判斷出我們是魔法師呢。」

「前些天一些警員搜山，我們知道是找科舍爾的，但我們並不擔心，因為警員是不會發現我們的。」布勞奇說道，「後來你們和科舍爾的同夥一起上山，布蘭認出了那人是科舍爾的同夥……」

「你是說伊恩？」

「對……我們發覺你們會魔法，但你們和壞人在一起，那肯定就是巫師嘍。」

「哎，我明白了。」本傑明叫了起來，「那天布朗警官說為了登山方便，穿的是運動服，我們都穿着便裝，所以被認為是巫師了。」

「他們還穿斗篷，騎着鐵驢。」布蘭指着飛天魔警喊道，「太像巫師了！」

「我們穿斗篷是為了震懾魔怪。」愛葛莎哭笑不得，「再說我們騎的是摩托車，不是……哎，算了，你們已經兩百年沒有接觸社會了。」

「怎麼樣？本傑明，你還好吧？」博士看了看本傑明。

「就是，你被抓走，可把我們嚇壞了。」海倫拉着本傑明的手，她要好好看看本傑明。

「我很好，我當然很好了。」本傑明説，「只不過有人覺得我囉嗦，我只能『嗚嗚嗚』地叫着。」

説着，本傑明看了看布勞奇，在場的人全都笑了起來。

「你被抓走了，海倫確實很着急呢。」叫蓋爾的飛天魔警説，「她的傷沒好就要一起來救你，你們平時就很好吧？連架都不吵吧？」

「嘿嘿嘿……」海倫和本傑明一起笑了，「是的、是的。」

尾聲

這次來到斯諾登山，算是有了一個完美的結局。山精靈們當然還是回山上繼續隱居，博士和魔警們帶着科舍爾回到鎮子上，科舍爾喝了急救水，好多了。

回到鎮上，布朗警官也明白了一切，他心裏的石頭算是落下了，從早到晚山上爆炸聲響個不停，他們也不敢貿然上山，都急死了。

飛天魔警們要飛回倫敦去，博士幾人也想馬上回去。布朗可不答應，他説什麼也要請大家留下來，吃個豐盛的晚飯，還要請大家遊覽威爾斯北部的旖旎風光。

盛情難卻，再加上大家經過一天的戰鬥，確實有些疲憊，便都同意留下來，先吃個晚餐，再好好休息一下。

晚餐很豐盛，大家邊吃邊談論着這一天的經歷，開心極了。

「本傑明，你真的好些了嗎？」海倫還關心着本傑明，「昨天你好像撞得不輕呢。」

「好了，我沒事，我這身體，抗擊打能力超強！」本傑明用力地揮揮拳頭。

「又開始吹牛了。」海倫笑着説，「那你怎麼會暈過去還被捉走了呢？」

「偶爾一次嘛，你就沒有被打暈的時候？」本傑明叫了起來，「上次抓雙頭怪的時候……」

「那都是什麼時候的事了，你還説？」海倫也叫了起來，面孔也板起來，「你們這些牛津的，總不記得人家的好……」

「你們這些劍橋的，不也是這樣……」本傑明針鋒相對，臉漲得通紅。

「虧我還想着救你……」

「不用你救，我自己能回來……」

兩人你一言我一語大吵起來，布朗和另外幾名警員馬上勸阻，博士則緊皺着眉頭，一臉無奈。

「不是説關係很好、從不吵架的嗎？」魔警蓋爾看着他倆，隨後和愛葛莎對視了一下，兩人都聳了聳肩膀。

推理時間

麥克警長，蘇格蘭場（倫敦警察廳）高級督察，南森和警方的聯絡人，也是一名大偵探，屢破奇案。當然，他所偵辦的都是人類世界中的案件。一起來看看他偵辦過的案件，運用你的推理能力，想一想他是如何破案的呢？

大衣提供的答案

「倫敦地區鳥類觀察報告會」在肯辛頓大街的教育中心會議室舉辦，前來開會的都是熱衷於保護動物的市民。麥克警官是一名熱心保護動物的人士，他也前來參加這個會議。現場來的人可真是不少，他們都是在網上報名後抽簽抽中的，因為要來的人實在太多。此時是冬天，人們都穿着厚厚的大衣外套，而會議室裏暖氣十足，非常熱，所以人們都把大衣掛在衣帽架上，可是衣帽架不足，後面來的幾個人只能把大衣放在門口的桌子上。

會議很快開始，主辦方先是介紹了倫敦鳥類的種類、遷徙情況等，隨後開始播放人們拍攝的鳥類活動照片，隨後還有專題討論。現場氣氛很是熱烈，特別是一些前來的兒童，更是興致勃勃，認真地聽着報告。

報告會一共有三個小時，中場休息十五分鐘。中場休息時間，現場更是熱鬧，幾個小孩子在會場裏亂跑，立即被家長制止。不過，就在下半場報告會就要開始的時候，有個女士突然叫了起來。

「我的手機呢？」那女士很是驚慌，「怎麼不見了？」

「是不是掉在地上了？」麥克警官就在女士座位的旁邊一排，他站起來説。

「沒有呀。哎，我的手機很貴重，裏面還有親朋的聯繫號碼呀，這可怎麼辦……」女士説着，突然看着身後的一個男子，「啊，剛才你在我身後，好像把手伸進我的口袋了，我的手機就在口袋裏的……」

「你不要冤枉人好嗎？我一直規規矩矩地聽報告呢。」男子很是生氣，「我最早來，然後一直坐在這裏的，你説我偷了手機，你來搜呀，來搜呀——」

「你這麼説，肯定不在你身上，可誰知道你把手機藏到哪裏去了？」女士帶着哭腔説。

「我一來就坐在這裏，沒動過，沒出去過——」

「剛才亂哄哄的，那會也不會有人注意你，你就是出去也沒人看見，所以你這麼説了……」

「不搜對吧？」男子說着向外走去，「那我就走了，真是煩人，聽個報告會遇到這樣的事。」

男子說着向外走去，他來到門口，從桌子上拿起自己的大衣，穿上就要出去。

「站住——」麥克警官大聲說道，「我想手機就是你拿的，而且你出去過，是去藏手機的，你之所以出去後沒有直接走掉，是因為你是網上報名來的，留下的是真實姓名和住址，女士丟了手機，而坐在她身後的你半途退場，最容易引起懷疑，所以你出去藏了手機又回來了。」

「你憑什麼說我出去過？」男子大叫着。

麥克警官說出了理由，男子低下了頭。手機就是他偷走後在中場休息時出去藏起來的。

請問，麥克警官是如何發現男子出過門的？

答案：男子說自己最先到達會場，所以大衣會一直掛在衣帽架上。而男子說自己先到而且沒有出去過，但是男子走的時候，是從桌子上拿走大衣的，很明顯他說了謊。

魔幻偵探所 13

隱身飛行者（修訂版）

作　　者：關景峯
繪　　圖：陳焯嘉
責任編輯：葉楚溶
美術設計：李成宇
出　　版：新雅文化事業有限公司
香港英皇道499號北角工業大廈18樓
電話：（852）2138 7998
傳真：（852）2597 4003
網址：http://www.sunya.com.hk
電郵：marketing@sunya.com.hk
發　　行：香港聯合書刊物流有限公司
香港新界大埔汀麗路36號中華商務印刷大廈3字樓
電話：（852）2150 2100
傳真：（852）2407 3062
電郵：info@suplogistics.com.hk
印　　刷：中華商務彩色印刷有限公司
香港新界大埔汀麗路36號
版　　次：二〇二〇年九月初版

ISBN：978-962-08-7610-3

18/F, North Point Industrial Building, 499 King's Road, Hong Kong
Published in Hong Kong
Printed in China

魔幻偵探所